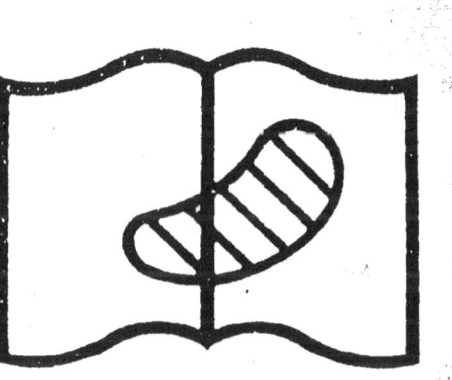

Foliotation partiellement illisible

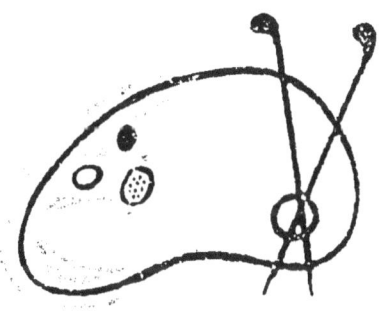

Couvertures supérieure et inférieure
en couleur

VICTOR HUGO

LES

TRAVAILLEURS

DE LA MER

TOME PREMIER

PARIS

LIBRAIRIE INTERNATIONALE

15, BOULEVARD MONTMARTRE

A. LACROIX, VERBOECKHOVEN ET C⁹, ÉDITEURS

A BRUXELLES, A LEIPZIG ET A LIVOURNE

1866

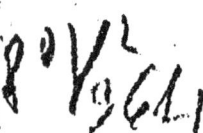

PARIS. — IMP. DE VICTOR GOUPY, RUE DE RENNES, 71.

LES

TRAVAILLEURS

DE LA MER

—

TOME PREMIER

PARIS. — IMP. DE VICTOR GOUPY, RUE DE RENNES, 71.

VICTOR HUGO

LES ·

TRAVAILLEURS

DE LA MER

TOME PREMIER

PARIS

LIBRAIRIE INTERNATIONALE

15, BOULEVARD MONTMARTRE

A. LACROIX, VERBOECKHOVEN ET Cⁱᵉ, ÉDITEURS

A BRUXELLES, A LEIPZIG ET A LIVOURNE

1866

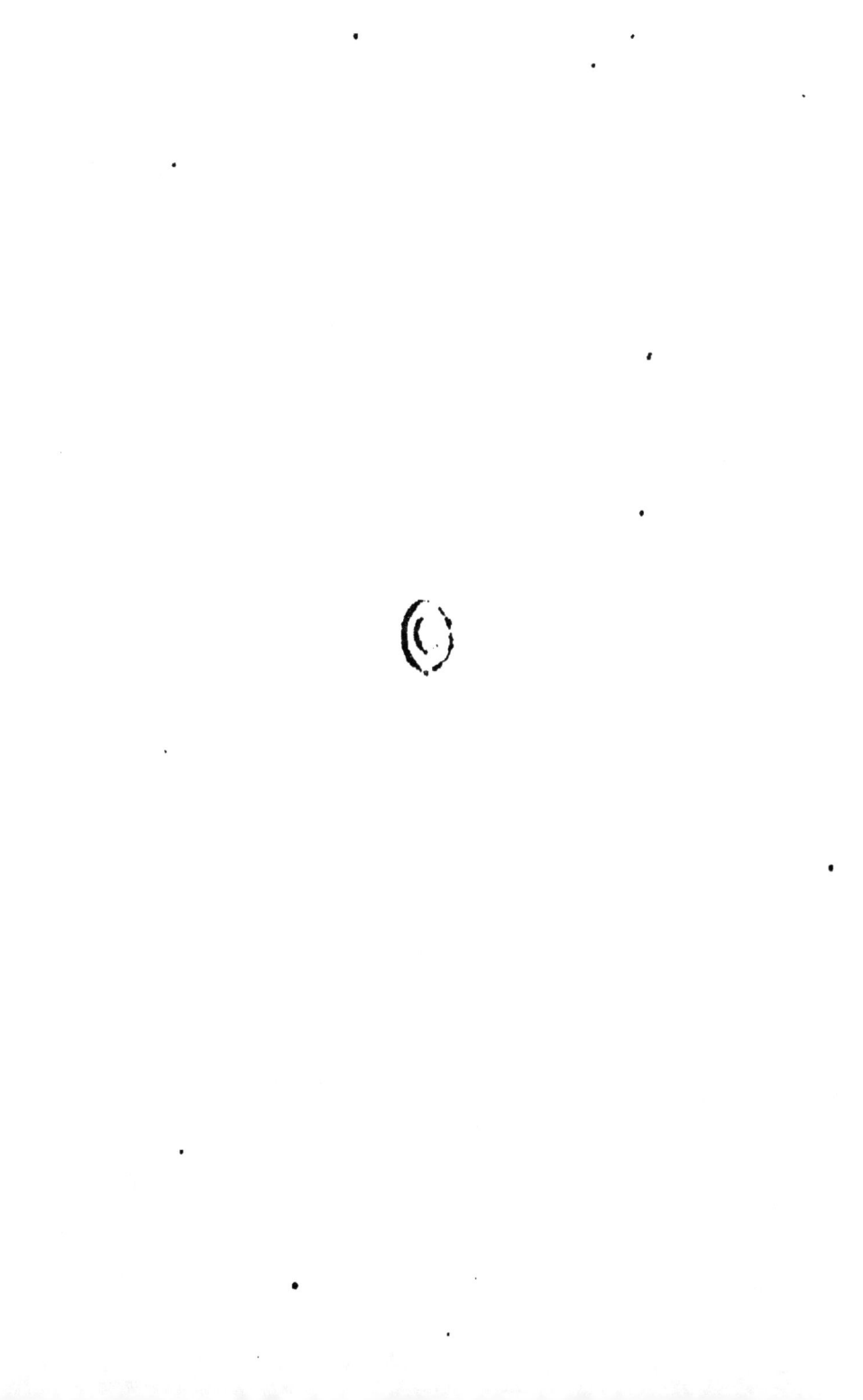

Je dédie ce livre au rocher d'hospitalité
et de liberté, à ce coin de vieille terre
normande où vit le noble petit peuple de la
mer, à l'île de Guernesey, sévère et douce,
mon asile actuel, mon tombeau probable.

V. H.

La religion, la société, la nature; telles sont les - trois luttes de l'homme. Ces trois luttes sont en même temps ses trois besoins; il faut qu'il croie, de là le temple; il faut qu'il crée, de là la cité; il faut qu'il vive, de là la charrue et le navire. Mais ces trois solutions contiennent trois guerres. La mystérieuse difficulté de la vie sort de toutes les trois.

L'homme a affaire à l'obstacle sous la forme superstition, sous la forme préjugé, et sous la forme élément. Un triple ananké pèse sur nous, l'ananké des dogmes, l'ananké des lois, l'ananké des choses. Dans *Notre-Dame de Paris*, l'auteur a dénoncé le premier ; dans *les Misérables*, il a signalé le second ; dans ce livre, il indique le troisième.

A ces trois fatalités qui enveloppent l'homme se mêle la fatalité intérieure, l'ananké suprême, le cœur humain.

Hauteville House, mars 1866.

PREMIÈRE PARTIE

SIEUR CLUBIN

LIVRE PREMIER

DE QUOI SE COMPOSE UNE MAUVAISE RÉPUTATION

I

UN MOT ÉCRIT SUR UNE PAGE BLANCHE.

La Christmas de 182... fut remarquable à Guernesey. Il neigea ce jour-là. Dans les îles de la Manche, un hiver où il gèle à glace est mémorable, et la neige fait événement.

Le matin de cette Christmas, la route qui longe la mer de Saint-Pierre-Port au Valle était toute blanche. Il avait neigé depuis minuit jusqu'à l'aube. Vers neuf heures, peu après le lever du

soleil, comme ce n'était pas encore le moment pour
les anglicans d'aller à l'église de Saint-Sampson
et pour les wesleyens d'aller à la chapelle Eldad,
le chemin était à peu près désert. Dans tout le
tronçon de route qui sépare la première tour de
la seconde tour, il n'y avait que trois passants, un
enfant, un homme et une femme. Ces trois passants, marchant à distance les uns des autres,
n'avaient visiblement aucun lien entre eux. L'enfant, d'une huitaine d'années, s'était arrêté, et
regardait la neige avec curiosité. L'homme venait
derrière la femme, à une centaine de pas d'intervalle. Il allait comme elle du côté de Saint-Sampson. L'homme, jeune encore, semblait quelque
chose comme un ouvrier ou un matelot. Il avait
ses habits de tous les jours, une vareuse de gros
drap brun, et un pantalon à jambières goudronnées,
ce qui paraissait indiquer qu'en dépit de la fête
il n'irait à aucune chapelle. Ses épais souliers de
cuir brut, aux semelles garnies de gros clous,
laissaient sur la neige une empreinte plus ressemblante à une serrure de prison qu'à un pied
d'homme. La passante, elle, avait évidemment
déjà sa toilette d'église; elle portait une large

mante ouatée de soie noire à faille, sous laquelle elle était fort coquettement ajustée d'une robe de popeline d'Irlande à bandes alternées blanches et roses, et, si elle n'eût eu des bas rouges, on eût pu la prendre pour une parisienne. Elle allait devant elle avec une vivacité libre et légère, et, à cette marche qui n'a encore rien porté de la vie, on devinait une jeune fille. Elle avait cette grâce fugitive de l'allure qui marque la plus délicate des transitions, l'adolescence, les deux crépus- cules mêlés, le commencement d'une femme dans la fin d'un enfant. L'homme ne la remarquait pas.

Tout à coup, près d'un bouquet de chênes verts qui est à l'angle d'un courtil, au lieu dit les Basses- Maisons, elle se retourna, et ce mouvement fit que l'homme la regarda. Elle s'arrêta, parut le consi- dérer un moment, puis se baissa, et l'homme crut voir qu'elle écrivait avec son doigt quelque chose sur la neige. Elle se redressa, se remit en marche, doubla le pas, se retourna encore, cette fois en riant, et disparut à gauche du chemin, dans le sentier bordé de haies qui mène au château de Lierre. L'homme, quand elle se retourna pour la seconde fois, reconnut Déruchette, une ravissante fille du pays.

Il n'éprouva aucun besoin de se hâter, et quelques instants après, il se trouva près du bouquet de chênes à l'angle du courtil. Il ne songeait déjà plus à la passante disparue, et il est probable que si, en cette minute-là, quelque marsouin eût sauté dans la mer ou quelque rouge-gorge dans les buissons, cet homme eût passé son chemin, l'œil fixé sur le rouge-gorge ou le marsouin. Le hasard fit qu'il avait les paupières baissées, son regard tomba machinalement sur l'endroit où la jeune fille s'était arrêtée. Deux petits pieds s'y étaient imprimés, et à côté il lut ce mot tracé par elle dans la neige : *Gilliatt.*

Ce mot était son nom.

Il s'appelait Gilliatt.

Il resta longtemps immobile, regardant ce nom, ces petits pieds, cette neige, puis continua sa route, pensif.

II

LE BU DE LA RUE

Gilliatt habitait la paroisse de Saint-Sampson.
Il n'y était pas aimé. Il y avait des raisons pour
cela.

D'abord il avait pour logis une maison « visionnée ». Il arrive quelquefois, à Jersey ou à Guernesey, qu'à la campagne, à la ville même, passant dans quelque coin désert ou dans une rue
pleine d'habitants, vous rencontrez une maison
dont l'entrée est barricadée; le houx obstrue la

porte; on ne sait quels hideux emplâtres de
planches clouées bouchent les fenêtres du rez-de-
chaussée; les fenêtres des étages supérieurs sont
à la fois fermées et ouvertes, tous les châssis sont
verrouillés, mais tous les carreaux sont cassés. S'il
y a un beyle, une cour, l'herbe y pousse, le parapet d'enceinte s'écroule; s'il y a un jardin, il
est ortie, ronce et ciguë; et l'on peut y épier les
insectes rares. Les cheminées se crevassent, le toit
s'effondre; ce qu'on voit du dedans des chambres
est démantelé; le bois est pourri, la pierre est
moisie. Il y a aux murs du papier qui se décolle.
Vous pouvez y étudier les vieilles modes du papier peint, les griffons de l'Empire, les draperies
en croissant du Directoire, les balustres et les
cippes de Louis XVI. L'épaississement des toiles
pleines de mouches indique la paix profonde des
araignées. Quelquefois on aperçoit un pot cassé
sur une planche. C'est là une maison « visionnée ».
Le diable y vient la nuit.

La maison comme l'homme peut devenir cadavre. Il suffit qu'une superstition la tue. Alors
elle est terrible. Ces maisons mortes ne sont point
rares dans les îles de la Manche.

Les populations campagnardes et maritimes ne sont pas tranquilles à l'endroit du diable. Celles de la Manche, archipel anglais et littoral français, ont sur lui des notions très-précises. Le diable a des envoyés par toute la terre. Il est certain que Belphégor est ambassadeur de l'enfer en France, Hutgin en Italie, Bélial en Turquie, Thamuz en Espagne, Martinet en Suisse, et Mammon en Angleterre. Satan est un empereur comme un autre. Satan César. Sa maison est très-bien montée; Dagon est grand panetier; Succor Bénoth est chef des eunuques, Asmodée, banquier des jeux, Kobal, directeur du théâtre, et Verdelet, grand maître des cérémonies; Nybbas est bouffon. Wiérus, homme savant, bon strygologue et démonographe bien renseigné, appelle Nybbas « le grand parodiste ».

Les pêcheurs normands de la Manche ont bien des précautions à prendre quand ils sont en mer, à cause des illusions que le diable fait. On a longtemps cru que saint Maclou habitait le gros rocher carré Ortach, qui est au large entre Aurigny et les Casquets, et beaucoup de vieux matelots d'autrefois affirmaient l'y avoir très-souvent vu de

loin, assis et lisant dans un livre. Aussi les marins
de passage faisaient-ils force génuflexions devant
le rocher Ortach jusqu'au jour où la fable s'est
dissipée et a fait place à la vérité. On a découvert
et l'on sait aujourd'hui que ce qui habite le rocher Ortach, ce n'est pas un saint, mais un diable.
Ce diable, un nommé Jochmus, avait eu la malice
de se faire passer pendant plusieurs siècles pour
saint Maclou. Au reste l'Église elle-même tombe
dans ces méprises. Les diables Raguhel, Oribel
et Tobiel ont été saints jusqu'en 745 où le pape
Zacharie, les ayant flairés, les mit dehors. Pour
faire de ces expulsions, qui sont certes très-utiles,
il faut beaucoup se connaître en diables.

Les anciens du pays racontent, mais ces faits-
là appartiennent au passé, que la population catholique de l'Archipel normand a été autrefois,
bien malgré elle, plus en communication encore
avec le démon que la population huguenote. Pourquoi ? nous l'ignorons. Ce qui est certain, c'est que
cette minorité fut jadis fort ennuyée par le diable.
Il avait pris les catholiques en affection, et cher-
chait à les fréquenter, ce qui donnerait à croire
que le diable est plutôt catholique que protestant.

Une de ses plus insupportables familiarités, c'était
de faire des visites nocturnes aux lits conjugaux
catholiques, au moment où le mari était endormi
tout à fait, et la femme à moitié. De là des méprises. Patouillet pensait que Voltaire était né de
cette façon. Cela n'a rien d'invraisemblable. Ce
cas du reste est parfaitement connu et décrit dans
les formulaires d'exorcismes, sous la rubrique : *De
erroribus nocturnis et de semine diabolorum.* Il a
particulièrement sévi à Saint-Hélier vers la fin du
siècle dernier, probablement en punition des crimes
de la révolution. Les conséquences des excès révo-
lutionnaires sont incalculables. Quoi qu'il en soit,
cette survenue possible du démon, la nuit, quand
on n'y voit pas clair, quand on dort, embarrassait
beaucoup de femmes orthodoxes. Donner nais-
sance à un Voltaire n'a rien d'agréable. Une
d'elles, inquiète, consulta son confesseur sur le
moyen d'éclaircir à temps ce quiproquo. Le confesseur répondit : — Pour vous assurer si vous
avez affaire au diable ou à votre mari, tâtez le
front, si vous trouvez des cornes, vous serez sûre...
— De quoi ? demanda la femme.

La maison qu'habitait Gilliatt avait été vision-

née et ne l'était plus. Elle n'en était que plus suspecte. Personne n'ignore que, lorsqu'un sorcier
s'installe dans un logis hanté, le diable juge le
logis suffisamment tenu, et fait au sorcier la politesse de n'y plus venir, à moins d'être appelé,
comme le médecin.

Cette maison se nommait le Bû de la Rue. Elle
était située à la pointe d'une langue de terre ou
plutôt de rocher qui faisait un petit mouillage à
part dans la crique de Houmet-Paradis. Il y a là
une eau profonde. Cette maison était toute seule
sur cette pointe presque hors de l'île, avec juste
assez de terre pour un petit jardin. Les hautes
marées noyaient quelquefois le jardin. Entre le
port de Saint-Sampson et la crique de Houmet-
Paradis, il y a la grosse colline que surmonte le
bloc de tours et de lierre appelé le château du
Valle ou de l'Archange, en sorte que de Saint-
Sampson on ne voyait pas le Bû de la Rue.

Rien n'est moins rare qu'un sorcier à Guernesey. Ils exercent leur profession dans certaines
paroisses, et le dix-neuvième siècle n'y fait rien.
Ils ont des pratiques véritablement criminelles.
Ils font bouillir de l'or. Ils cueillent des herbes à

minuit. Ils regardent de travers les bestiaux des gens. On les consulte ; ils se font apporter dans des bouteilles de « l'eau des malades », et on les entend dire à demi-voix : *l'eau paraît bien triste.* L'un d'eux un jour, en mars 1857, a constaté dans « l'eau » d'un malade sept diables. Ils sont redoutés et redoutables. Un d'eux a récemment ensorcelé un boulanger « ainsi que son four ». Un autre a la scélératesse de cacheter et sceller avec le plus grand soin des enveloppes « où il n'y a rien dedans ». Un autre va jusqu'à avoir dans sa maison sur une planche trois bouteilles étiquetées B. Ces faits monstrueux sont constatés. Quelques sorciers sont complaisants, et pour deux ou trois guinées, prennent vos maladies. Alors ils se roulent sur leur lit en poussant des cris. Pendant qu'ils se tordent, vous dites : Tiens, je n'ai plus rien. D'autres vous guérissent de tous les maux en vous nouant un mouchoir autour du corps. Moyen si simple qu'on s'étonne que personne ne s'en soit encore avisé. Au siècle dernier la cour royale de Guernesey les mettait sur un tas de fagots, et les brûlait vifs. De nos jours elle les condamne à huit semaines de prison, quatre semaines au pain et à l'eau, et quatre semaines au secret, alternant. *Amant alterna catenæ.*

Le dernier brûlement de sorciers à Guernesey a eu lieu en 1747. La ville avait utilisé pour cela une de ses places, le carrefour du Bordage. Le carrefour du Bordage a vu brûler onze sorciers, de 1565 à 1700. En général ces coupables avouaient. On les aidait à l'aveu au moyen de la torture. Le carrefour du Bordage a rendu d'autres services encore à la société et à la religion. On y a brûlé les hérétiques. Sous Marie Tudor, on y brûla, entre autres huguenots, une mère et ses deux filles; cette mère s'appelait Perrotine Massy. Une des filles était grosse. Elle accoucha dans la braise du bûcher. La chronique dit: «Son ventre éclata». Il sortit de ce ventre un enfant vivant; le nouveau-né roula hors de la fournaise; un nommé House le ramassa. Le bailli Hélier Gosselin, bon catholique, fit rejeter l'enfant dans le feu.

III

POUR TA FEMME, QUAND TU TE MARIERAS

Revenons à Gilliatt.

On contait dans le pays qu'une femme, qui avait avec elle un petit enfant, était venue vers la fin de la révolution habiter Guernesey. Elle était anglaise, à moins qu'elle ne fût française. Elle avait un nom quelconque dont la prononciation guernesiaise et l'orthographe paysanne avaient fait Gilliatt. Elle vivait seule avec cet enfant qui était

pour elle, selon les uns un neveu, selon les autres
un fils, selon les autres un petit-fils, selon les autres rien du tout. Elle avait un peu d'argent, de
quoi vivre pauvrement. Elle avait acheté une pièce
de pré à la Sergentée, et une jaonnière à la Roque-
Crespel, près de Rocquaine. La maison du Bû de
la Rue était, à cette époque, visionnée. Depuis plus
de trente ans, on ne l'habitait plus. Elle tombait
en ruine. Le jardin, trop visité par la mer, ne
pouvait rien produire. Outre les bruits nocturnes
et les lueurs, cette maison avait cela de particulièrement effrayant que, si on y laissait le soir sur
la cheminée une pelote de laine, des aiguilles et
une pleine assiette de soupe, on trouvait le lendemain matin la soupe mangée, l'assiette vide, et
une paire de mitaines tricotée. On offrait cette masure à vendre avec le démon qui était dedans, pour
quelques livres sterling. Cette femme l'acheta,
évidemment tentée par le diable. Ou par le bon
marché.

Elle fit plus que l'acheter, elle s'y logea, elle et
son enfant; et à partir de ce moment la maison
s'apaisa. *Cette maison a ce qu'elle veut,* dirent les
gens du pays. Le visionnement cessa. On n'y en-

tendit plus de cris au point du jour. Il n'y eut
plus d'autre lumière que le suif allumé le soir par
la bonne femme. Chandelle de sorcière vaut torche
du diable. Cette explication satisfit le public.

Cette femme tirait parti des quelques vergées
de terre qu'elle avait. Elle avait une bonne vache
à beurre jaune. Elle récoltait des mouzettes blanches, des caboches et des pommes de terre Golden
Drops. Elle vendait, tout comme une autre, « des
« panais par le tonneau, des oignons par le cent,
« et des fèves par le dénerel ». Elle n'allait pas
au marché, mais faisait vendre sa récolte par Guil-
bert Falliot, aux Abreveurs Saint-Sampson. Le
registre de Falliot constate qu'il vendit pour elle
une fois jusqu'à douze boisseaux de *patates dites*
trois mois, des plus temprunes.

La maison avait été chétivement réparée, assez
pour y vivre. Il ne pleuvait dans les chambres
que par les très-gros temps. Elle se composait
d'un rez-de-chaussée et d'un grenier. Le rez-de-
chaussée était partagé en trois salles, deux où l'on
couchait, une où l'on mangeait. On montait au
grenier par une échelle. La femme faisait la cui-
sine et montrait à lire à l'enfant. Elle n'allait point

aux églises; ce qui fit que, tout bien considéré, on la déclara française. N'aller « à aucune place », c'est grave.

En somme, c'étaient des gens que rien ne prouvait.

Française, il est probable qu'elle l'était. Les volcans lancent des pierres et les révolutions des hommes. Des familles sont ainsi envoyées à de grandes distances, des destinées sont dépaysées, des groupes sont dispersés et s'émiettent; des gens tombent des nues, ceux-ci en Allemagne, ceux-là en Angleterre, ceux-là en Amérique. Ils étonnent les naturels du pays. D'où viennent ces inconnus ? C'est ce vésuve qui fume là-bas qui les a expectorés. On donne des noms à ces aéroli- thes, à ces individus expulsés et perdus, à ces éliminés du sort; on les appelle émigrés, réfugiés, aventuriers. S'ils restent, on les tolère; s'ils s'en vont, on est content. Quelquefois ce sont des êtres absolument inoffensifs, étrangers, les femmes du moins, aux événements qui les ont chassés, n'ayant ni haine, ni colère, projectiles sans le vouloir, très-étonnés. Ils reprennent racine comme ils peu- vent. Ils ne faisaient rien à personne et ne comprennent pas ce qui leur est arrivé. J'ai vu une pauvre touffe d'herbe lancée éperdument en l'air par une explosion de mine. La révolution française, plus que toute autre explosion, a eu de ces jets lointains.

La femme qu'à Guernesey on appelait *la Gilliatt* était peut-être cette touffe d'herbe-là.

La femme vieillit, l'enfant grandit. Ils vivaient seuls, et évités. Ils se suffisaient. Louve et louveteau se pourlèchent. Ceci est encore une des formules que leur appliqua la bienveillance environnante. L'enfant devint un adolescent, l'adolescent devint un homme, et alors, les vieilles écorces de la vie devant toujours tomber, la mère mourut. Elle lui laissa le pré de la Sergentée, la jaonnière de la Roque-Crespel, la maison du Bû de la Rue, plus, dit l'inventaire officiel, « cent guinées d'or dans le pid d'une cauche », c'est-à-dire dans le pied d'un bas. La maison était suffisamment meublée de deux coffres de chêne, de deux lits, de six chaises et d'une table, avec ce qu'il faut d'ustensiles. Sur une planche il y avait quelques livres, et, dans un coin, une malle pas du tout mystérieuse qui dut être ouverte pour l'inventaire. Cette malle

était en cuir fauve à arabesques de clous de cuivre
et d'étoiles d'étain, et contenait un trousseau de
femme neuf et complet en belle toile de fil de
Dunkerque, chemises et jupes, plus des robes de
soie en pièce, avec un papier où on lisait ceci
écrit de la main de la morte : *Pour ta femme,
quand tu te marieras.*

Cette mort fut pour le survivant un accable-
ment. Il était sauvage, il devint farouche. Le désert s'acheva autour de lui. Ce n'était que l'isolement, ce fut le vide. Tant qu'on est deux, la vie
est possible. Seul, il semble qu'on ne pourra plus
la traîner. On renonce à tirer. C'est la première
forme du désespoir. Plus tard on comprend que le
devoir est une série d'acceptations. On regarde la
mort, on regarde la vie, et l'on consent. Mais c'est
un consentement qui saigne.

Gilliatt étant jeune, sa plaie se cicatrisa. A cet
âge, les chairs du cœur reprennent. Sa tristesse,
effacée peu à peu, se mêla autour de lui à la nature, y devint une sorte de charme, l'attira vers
les choses et loin des hommes, et amalgama de
plus en plus cette âme à la solitude.

IV

IMPOPULARITÉ

Gilliatt, nous l'avons dit, n'était pas aimé dans la paroisse. Rien de plus naturel que cette antipathie. Les motifs abondaient. D'abord, on vient de l'expliquer, la maison qu'il habitait. Ensuite, son origine. Qu'est-ce que c'était que cette femme? et pourquoi cet enfant? Les gens des pays n'aiment pas qu'il y ait des énigmes sur les étrangers. Ensuite, son vêtement qui était d'un ouvrier, tan-

dis qu'il avait, quoique pas riche, de quoi vivre
sans rien faire. Ensuite, son jardin, qu'il réussissait
à cultiver et d'où il tirait des pommes de terre
malgré les coups d'équinoxe. Ensuite, de gros
livres qu'il avait sur une planche, et où il lisait.

D'autres raisons encore.

D'où vient qu'il vivait solitaire? Le Bû de la
Rue était une sorte de lazaret; on tenait Gilliatt
en quarantaine; c'est pourquoi il était tout simple
qu'on s'étonnât de son isolement, et qu'on le ren-
dît responsable de la solitude qu'on faisait autour
de lui.

Il n'allait jamais à la chapelle. Il sortait souvent
la nuit. Il parlait aux sorciers. Une fois on l'avait
vu assis dans l'herbe d'un air étonné. Il hantait
le dolmen de l'Ancresse et les pierres fées qui sont
dans la campagne çà et là. On croyait être sûr
de l'avoir vu saluer poliment la Roque qui Chante.
Il achetait tous les oiseaux qu'on lui apportait et
les mettait en liberté. Il était honnête aux personnes bourgeoises dans les rues de Saint-Sampson, mais faisait volontiers un détour pour n'y
point passer. Il pêchait souvent, et revenait toujours avec du poisson. Il travaillait à son jardin

le dimanche. Il avait un bug-pipe, acheté par lui à des soldats écossais de passage à Guernesey, et dont il jouait dans les rochers au bord de la mer, à la nuit tombante. Il faisait des gestes comme un semeur. Que voulez-vous qu'un pays devienne avec un homme comme cela?

Quant aux livres, qui venaient de la femme morte, et où il lisait, ils étaient inquiétants. Le révérend Jaquemin Hérode, recteur de Saint-Sampson, quand il était entré dans la maison pour l'enterrement de la femme, avait lu au dos de ces livres les titres que voici : *Dictionnaire de Rosier, Candide,* par Voltaire, *Avis au peuple sur sa santé,* par Tissot. Un gentilhomme français, émigré, retiré à Saint-Sampson, avait dit : *Ce doit être le Tissot qui a porté la tête de la princesse de Lamballe.*

Le révérend avait remarqué sur un de ces livres ce titre véritablement bourru et menaçant : *De Rhubarbaro.*

Disons-le pourtant, l'ouvrage étant, comme le titre l'indique, écrit en latin, il était douteux que Gilliatt, qui ne savait pas le latin, lût ce livre.

Mais ce sont précisément les livres qu'un

homme ne lit pas qui l'accusent le plus. L'inquisition d'Espagne a jugé ce point, et l'a mis hors de doute.

Du reste ce n'était autre chose que le traité du docteur Tilingius *sur la Rhubarbe,* publié en Allemagne en 1679.

On n'était pas sûr que Gilliatt ne fît pas des charmes, des philtres et des «bouilleries». Il avait des fioles.

Pourquoi allait-il se promener le soir, et quelquefois jusqu'à minuit, dans les falaises? évidemment pour causer avec les mauvaises gens qui sont la nuit au bord de la mer dans de la fumée.

Une fois il avait aidé la sorcière de Torteval à désembourber son chariot. Une vieille, nommée Moutonne Gahy.

A un recensement qui s'était fait dans l'île, interrogé sur sa profession, il avait répondu : — *Pêcheur, quand il y a du poisson à prendre.* — Mettez-vous à la place des gens, on n'aime pas ces réponses-là.

La pauvreté et la richesse sont de comparaison. Gilliatt avait des champs et une maison, et comparé à ceux qui n'ont rien du tout, il n'était pas pauvre. Un jour, pour l'éprouver, et peut-être aussi pour lui faire une avance, car il y a des femmes qui épouseraient le diable riche, une fille dit à Gilliatt : Quand donc prendrez-vous femme? Il répondit : *Je prendrai femme quand la Roque qui Chante prendra homme.*

Cette Roque qui Chante est une grande pierre plantée droite dans un courtil proche monsieur Lemézurier de Fry. Cette pierre est fort à surveiller. On ne sait ce qu'elle fait là. On y entend chanter un coq qu'on ne voit pas, chose extrêmement désagréable. Ensuite il est avéré qu'elle a été mise dans ce courtil par les sarregousets, qui sont la même chose que les sins.

La nuit, quand il tonne, si l'on voit des hommes voler dans le rouge des nuées et dans le tremblement de l'air, ce sont les sarregousets. Une femme, qui demeure au Grand-Mielles, les connaît. Un soir qu'il y avait des sarregousets dans un carrefour, cette femme cria à un charretier qui ne savait quelle route prendre : *Demandez-leur votre chemin; c'est des gens bien faisants, c'est des gens bien civils à deviser au monde.* Il y a gros à parier que cette femme est une sorcière.

Le judicieux et savant roi Jacques Ier faisait bouillir toutes vives les femmes de cette espèce, goûtait le bouillon, et, au goût du bouillon, disait : *C'était une sorcière,* ou : *Ce n'en était pas une.*

Il est à regretter que les rois d'aujourd'hui n'aient plus de ces talents-là, qui faisaient comprendre l'utilité de l'institution.

Gilliatt, non sans de sérieux motifs, vivait en odeur de sorcellerie. Dans un orage, à minuit, Gilliatt étant en mer seul dans une barque du côté de la Sommeilleuse, on l'entendit demander :

— Y a-t-il du rang pour passer ?

Une voix cria du haut des roches :

— Voire ! hardi !

A qui parlait-il, si ce n'est à quelqu'un qui lui répondait ? Ceci nous semble une preuve.

Dans une autre soirée d'orage, si noire qu'on ne voyait rien, tout près de la Catiau-Roque, qui est une double rangée de roches où les sorciers, les chèvres et les faces vont danser le vendredi, on crut être certain de reconnaître la voix de Gilliatt mêlée à l'épouvantable conversation que voici :

— Comment se porte Vésin Brovard? (C'était un maçon qui était tombé d'un toit.)

— Il guarit.

— Ver dia ! il a chu de plus haut que ce grand pau*. C'est ravissant qu'il ne se soit rien rompu.

— Les gens eurent beau temps au varech la semaine passée.

— Plus qu'ogny**.

— Voire ! il n'y aura pas hardi de poisson au marché.

— Il vente trop dur.

— Ils ne sauraient mettre leurs rets bas.

— Comment va la Catherine ?

— Elle est de charme.

« La Catherine » était évidemment une sarregousette.

Gilliatt, selon toute apparence, faisait œuvre de nuit. Du moins, personne n'en doutait.

On le voyait quelquefois, avec une cruche qu'il avait, verser de l'eau à terre. Or l'eau qu'on jette à terre trace la forme des diables.

Il existe sur la route de Saint-Sampson, vis-à-vis le martello numéro I, trois pierres arran-

---

* *Pau*, poteau.
** *Ogny*, aujourd'hui.

gées en escalier. Elles ont porté sur leur plate-
forme, vide aujourd'hui, une croix, à moins qu'elles
n'aient porté un gibet. Ces pierres sont très-
malignes.

Des gens fort prud'hommes et des personnes
absolument croyables affirmaient avoir vu, près
de ces pierres, Gilliatt causer avec un crapaud.
Or, il n'y a pas de crapauds à Guernesey ; Guernesey a toutes les couleuvres, et Jersey a tous les
crapauds. Ce crapaud avait dû venir de Jersey à la
nage pour parler à Gilliatt. La conversation était
amicale.

Ces faits demeurèrent constatés ; et la preuve,
c'est que les trois pierres sont encore là. Les gens
qui douteraient peuvent les aller voir, et même, à
peu de distance, il y a une maison au coin de laquelle on lit cette enseigne : *Marchand en bétail
mort et vivant, vieux cordage, fer, os et chiques,
est prompt dans son paiement et dans son attention.*

Il faudrait être de mauvaise foi pour contester
la présence de ces pierres et l'existence de cette
maison. Tout cela nuisait à Gilliatt.

Les ignorants seuls ignorent que le plus grand
danger des mers de la Manche, c'est le Roi des

Auxcriniers. Pas de personnage marin plus redoutable. Qui l'a vu fait naufrage entre une Saint-
Michel et l'autre. Il est petit, étant nain, et il est
sourd, étant roi. Il sait les noms de tous ceux qui
sont morts dans la mer et l'endroit où ils sont. Il
connaît à fond le cimetière Océan. Une tête massive en bas et étroite en haut, un corps trapu, un
ventre visqueux et difforme, des nodosités sur le
crâne, de courtes jambes, de longs bras, pour
pieds des nageoires, pour mains des griffes, un
large visage vert, tel est ce roi. Ses griffes sont
palmées et ses nageoires sont onglées. Qu'on imagine un poisson qui est un spectre, et qui a une
figure d'homme. Pour en finir avec lui, il faudrait
l'exorciser, ou le pêcher. En attendant, il est sinistre. Rien n'est moins rassurant que de l'aper-
cevoir. On entrevoit, au-dessus des lames et des
houles, derrière les épaisseurs de la brume, un
linéament qui est un être ; un front bas, un nez
camard, des oreilles plates, une bouche démesu-
rée où il manque des dents, un rictus glauque,
des sourcils en chevrons, et de gros yeux gais. Il
est rouge quand l'éclair est livide, et blafard quand
l'éclair est pourpre. Il a une barbe ruisselante et

rigide qui s'étale, coupée carrément, sur une
membrane en forme de pèlerine, laquelle est ornée
de quatorze coquilles, sept par devant et sept par
derrière. Ces coquilles sont extraordinaires pour
ceux qui se connaissent en coquilles. Le Roi des
Auxcriniers n'est visible que dans la mer violente.
Il est le baladin lugubre de la tempête. On voit
sa forme s'ébaucher dans le brouillard, dans la
rafale, dans la pluie. Son nombril est hideux. Une
carapace de squammes lui cache les côtés, comme
ferait un gilet. Il se dresse debout au haut de ces
vagues roulées qui jaillissent sous la pression des
souffles et se tordent comme les copeaux sortant
du rabot du menuisier. Il se tient tout entier hors
de l'écume, et, s'il y a à l'horizon des navires en
détresse, blême dans l'ombre, la face éclairée de
la lueur d'un vague sourire, l'air fou et terrible,
il danse. C'est là une vilaine rencontre. A l'époque
où Gilliatt était une des préoccupations de Saint-
Sampson, les dernières personnes qui avaient vu
le Roi des Auxcriniers déclaraient qu'il n'avait
plus à sa pèlerine que treize coquilles. Treize ; il
n'en était que plus dangereux. Mais qu'était devenue la quatorzième ? L'avait-il donnée à quel-

qu'un ? Et à qui l'avait-il donnée ? Nul ne pouvait le dire, et l'on se bornait à conjecturer. Ce
qui est certain, c'est que M. Lupin-Mabier, du
lieu les Godaines, homme ayant de la surface,
propriétaire taxé à quatre-vingts quartiers, était
prêt à jurer sous serment qu'il avait vu une fois
dans les mains de Gilliatt une coquille très-
singulière.

Il n'était point rare d'entendre de ces dialogues
entre deux paysans :

— N'est-ce pas, mon voisin, que j'ai là un beau
bœuf ?

— Bouffi, mon voisin.

— Tiens, c'est vrai tout de même.

— Il est meilleur en suif qu'il n'est en viande.

— Ver dia !

— Êtes-vous certain que Gilliatt ne l'a point
regardé ?

Gilliatt s'arrêtait au bord des champs près des
laboureurs et au bord des jardins près des jardi-
niers, et il lui arrivait de leur dire des paroles
mystérieuses :

— Quand le mors du diable fleurit, moissonnez
le seigle d'hiver.

(Parenthèse : le mors du diable, c'est la sca-
bieuse.)

— Le frêne se feuille, il ne gèlera plus.

— Solstice d'été, chardon en fleur.

— S'il ne pleut pas en juin, les blés prendront
le blanc. Craignez la nielle.

— Le merisier fait ses grappes, méfiez-vous de
la pleine lune.

— Si le temps, le sixième jour de la lune, se
comporte comme le quatrième jour ou comme le
cinquième jour, il se comportera de même, neuf
fois sur douze dans le premier cas, et onze fois
sur douze dans le second, pendant toute la lune.

— Ayez l'œil sur les voisins en procès avec
vous. Prenez garde aux malices. Un cochon à qui
on fait boire du lait chaud, crève. Une vache à
qui on frotte les dents avec du poireau, ne mange
plus.

— L'éperlan fraye, gare les fièvres.

— La grenouille se montre, semez les melons.

— L'hépatique fleurit, semez l'orge.

— Le tilleul fleurit, fauchez les prés.

— L'ypréau fleurit, ouvrez les bâches.

— Le tabac fleurit, fermez les serres.

Et, chose terrible, si l'on suivait ses conseils, on s'en trouvait bien.

Une nuit de juin qu'il joua du bug-pipe dans la dune, du côté de la Demie de Fontenelle, la pêche aux maquereaux manqua.

Un soir, à la marée basse, sur la grève en face de sa maison du Bû de la Rue, une charrette chargée de varech versa. Il eut probablement peur d'être traduit en justice, car il se donna beaucoup de peine pour aider à relever la char-rette, et il la rechargea lui-même.

Une petite fille du voisinage ayant des poux, il était allé à Saint-Pierre-Port, était revenu avec un onguent, et en avait frotté l'enfant ; et Gilliatt lui avait ôté ses poux, ce qui prouve que Gilliatt les lui avait donnés.

Tout le monde sait qu'il y a un charme pour donner des poux aux personnes.

Gilliatt passait pour regarder les puits, ce qui est dangereux quand le regard est mauvais ; et le fait est qu'un jour, aux Arculons, près Saint-Pierre-Port, l'eau d'un puits devint malsaine. La bonne femme à qui était le puits dit à Gilliatt : Voyez donc cette eau. Et elle lui en montra un plein

verre. Gilliatt avoua. L'eau est épaisse, dit-il;
c'est vrai. La bonne femme, qui se méfiait, lui dit:
Guérissez-moi-la donc. Gilliatt lui fit des questions : — si elle avait une étable? — si l'étable
avait un égout? — si le ruisseau de l'égout ne
passait pas tout près du puits? — La bonne femme
répondit oui. Gilliatt entra dans l'étable, travailla
à l'égout, détourna le ruisseau, et l'eau du puits
redevint bonne. On pensa dans le pays ce qu'on
voulut. Un puits n'est pas mauvais, et ensuite
bon, sans motif; on ne trouva point la maladie
de ce puits naturelle, et il est difficile de ne pas
croire en effet que Gilliatt avait jeté un sort à
cette eau.

Une fois qu'il était allé à Jersey, on remarqua
qu'il s'était logé à Saint-Clément, rue des Alleurs.
Les alleurs, ce sont les revenants.

Dans les villages, on recueille des indices sur
un homme; on rapproche ces indices; le total
fait une réputation.

Il arriva que Gilliatt fut surpris saignant du
nez. Ceci parut grave. Un patron de barque, fort
voyageur, qui avait presque fait le tour du monde,
affirma que chez les Tungouses tous les sorciers

saignent du nez. Quand on voit un homme sai-
gner du nez, on sait à quoi s'en tenir. Toutefois
les gens raisonnables firent remarquer que ce
qui caractérise les sorciers en Tungousie peut ne
point les caractériser au même degré à Guernesey.

Aux environs d'une Saint-Michel, on le vit s'arrêter dans un pré des courtils des Huriaux, bor-
dant la grande route des Videclins. Il siffla dans
le pré, et un moment après il y vint un corbeau,
et un moment après il y vint une pie. Le fait fut
attesté par un homme notable, qui depuis a été
douzenier dans la Douzaine autorisée à faire un
nouveau livre de Perchage du fief le Roi.

Au Hamel, dans la vingtaine de l'Épine, il y
avait des vieilles femmes qui disaient être sûres
d'avoir entendu un matin, à la piperette du jour,
des hirondelles appeler Gilliatt.

Ajoutez qu'il n'était pas bon.

Un jour, un pauvre homme battait un âne. L'âne
n'avançait pas. Le pauvre homme lui donna quelques coups de sabot dans le ventre, et l'âne tomba.
Gilliatt accourut pour relever l'âne, l'âne était
mort. Gilliatt souffleta le pauvre homme.

Un autre jour, voyant un garçon descendre d'un arbre avec une couvée de petits épluque-pommiers nouveau-nés, presque sans plumes et tout nus, Gilliatt prit cette couvée à ce garçon, et poussa la méchanceté jusqu'à la reporter dans l'arbre.

Des passants lui en firent des reproches, il se borna à montrer le père et la mère épluque-pommiers qui criaient au-dessus de l'arbre et qui revenaient à leur couvée. Il avait un faible pour les oiseaux. C'est un signe auquel on reconnaît généralement les magiciens.

Les enfants ont pour joie de dénicher les nids de goëlands et de mauves dans les falaises. Ils en rapportent des quantités d'œufs bleus, jaunes et verts avec lesquels on fait des rosaces sur les devantures des cheminées. Comme les falaises sont à pic, quelquefois le pied leur glisse, ils tombent, et se tuent. Rien n'est joli comme les paravents décorés d'œufs d'oiseaux de mer. Gilliatt ne savait qu'inventer pour faire le mal. Il grimpait, au péril de sa propre vie, dans les escarpements des roches marines, et y accrochait des bottes de foin avec de vieux chapeaux et toutes sortes d'épouvantails, afin d'empêcher les oiseaux d'y nicher, et, par conséquent, les enfants d'y aller.

C'est pourquoi Gilliatt était à peu près haï dans le pays. On le serait à moins

V

AUTRES COTÉS LOUCHES DE GILLIATT

L'opinion n'était pas bien fixée sur le compte de Gilliatt.

Généralement on le croyait marcou, quelques-uns allaient jusqu'à le croire cambion. Le cambion est le fils qu'une femme a du diable.

Quand une femme a d'un homme sept enfants mâles consécutifs, le septième est marcou. Mais il ne faut pas qu'une fille gâte la série des garçons.

Le marcou a une fleur de lys naturelle empreinte sur une partie quelconque du corps, ce qui fait qu'il guérit les écrouelles aussi bien que les rois de France. Il y a des marcous en France un peu partout, particulièrement dans l'Orléanais. Chaque village du Gâtinais a son marcou. Il suffit, pour guérir les malades, que le marcou souffle sur leurs plaies ou leur fasse toucher sa fleur de lys. La chose réussit surtout dans la nuit du vendredi saint. Il y a une dizaine d'années, le marcou d'Ormes en Gâtinais, surnommé le Beau Marcou et consulté de toute la Beauce, était un tonnelier appelé Foulon, qui avait cheval et voiture. On dut, pour empêcher ses miracles, faire jouer la gendarmerie. Il avait la fleur de lys sous le sein gauche. D'autres marcous l'ont ailleurs.

Il y a des marcous à Jersey, à Aurigny et à Guernesey. Cela tient sans doute aux droits que la France a sur le duché de Normandie. Autrement, à quoi bon la fleur de lys?

Il y a aussi dans les îles de la Manche des scrofuleux; ce qui rend les marcous nécessaires.

Quelques personnes s'étant trouvées présentes un jour que Gilliatt se baignait dans la mer

avaient cru lui voir la fleur de lys. Questionné là-
dessus, il s'était, pour toute réponse, mis à rire.
Car il riait comme les autres hommes, quelquefois. Depuis ce temps-là, on ne le voyait plus se
baigner; il ne se baignait que dans des lieux
périlleux et solitaires. Probablement la nuit, au
clair de lune; chose, on en conviendra, suspecte.

Ceux qui s'obstinaient à le croire cambion, c'est-
à-dire fils du diable, se trompaient évidemment.
Ils auraient dû savoir qu'il n'y a guère de cam-
b' ns qu'en Allemagne. Mais le Valle et Saint-
Sampson étaient, il y a cinquante ans, des pays
d'ignorance.

Croire, à Guernesey, quelqu'un fils du diable, il
y a visiblement là de l'exagération.

Gilliatt, par cela même qu'il inquiétait, était consulté. Les paysans venaient, avec peur, lui parler
de leurs maladies. Cette peur-là contient de la confiance; et, dans la campagne, plus le médecin est
suspect, plus le remède est sûr. Gilliatt avait des
médicaments à lui, qu'il tenait de la vieille femme
morte; il en faisait part à qui les lui demandait, et
ne voulait pas recevoir d'argent. Il guérissait les
panaris avec des applications d'herbes; la liqueur

d'une de ses fioles coupait la fièvre ; le chimiste de
Saint-Sampson, que nous appellerions pharmacien
en France, pensait que c'était probablement une
décoction de quinquina. Les moins bienveillants
convenaient volontiers que Gilliatt était assez bon
diable pour les malades quand il s'agissait de ses
remèdes ordinaires ; mais comme marcou, il ne
voulait rien entendre ; si un scrofuleux lui demandait à toucher sa fleur de lys, pour toute réponse
il lui fermait sa porte au nez ; faire des miracles
était une chose à laquelle il se refusait obstinément,
ce qui est ridicule à un sorcier. Ne soyez pas
sorcier, mais si vous l'êtes, faites votre métier.

Il y avait une ou deux exceptions à l'antipathie
universelle. Sieur Landoys, du Clos-Landès, était
clerc greffier de la paroisse de Saint-Pierre-Port,
chargé des écritures et gardien du registre des
naissances, mariages et décès. Ce greffier Landoys
tirait vanité de descendre du trésorier de Bretagne
Pierre Landais, pendu en 4485. Un jour sieur
Landoys poussa son bain trop avant dans la mer,
et faillit se noyer. Gilliatt se jeta à l'eau, faillit se
noyer lui aussi, et sauva Landoys. A partir de ce
jour, Landoys ne dit plus de mal de Gilliatt. A

ceux qui s'en étonnaient, il répondait : *Pourquoi voulez-vous que je déteste un homme qui ne m'a rien fait, et qui m'a rendu service?* Le clerc greffier en vint même à prendre Gilliatt en une certaine amitié. Ce clerc greffier était un homme sans préjugés. Il ne croyait pas aux sorciers. Il riait de ceux qui ont peur des revenants. Quant à lui, il avait un bateau, il pêchait dans ses heures de loisir pour s'amuser, et il n'avait jamais rien vu d'extraordinaire, si ce n'est une fois au clair de lune une femme blanche qui sautait sur l'eau, et encore il n'en était pas bien sûr. Moutonne Gahy, la sorcière de Torteval, lui avait donné un petit sac qu'on s'attache sous la cravate et qui protège contre les esprits ; il se moquait de ce sac, et ne savait ce qu'il contenait ; pourtant il le portait, se sentant plus en sûreté quand il avait cette chose au cou.

Quelques personnes hardies se risquaient, à la suite du sieur Landoys, à constater en Gilliatt certaines circonstances atténuantes, quelques apparences de qualités, sa sobriété, son abstinence de gin et de tabac, et l'on en venait parfois jusqu'à faire de lui ce bel éloge : *Il ne boit, ne fume, ne chique, ni ne snuffe.*

Mais être sobre, ce n'est une qualité que lorsqu'on en a d'autres.

L'aversion publique était sur Gilliatt.

Quoi qu'il en fût, comme marcou, Gilliatt pouvait rendre des services. Un certain vendredi
saint, à minuit, jour et heure usités pour ces sortes
de cures, tous les scrofuleux de l'île, d'inspiration
ou par rendez-vous pris entre eux, vinrent en foule
au Bû de la Rue, à mains jointes, et avec des
plaies pitoyables, demander à Gilliatt de les guérir.
Il refusa. On reconnut là sa méchanceté.

VI

LA PANSE

Tel était Gilliatt.

Les filles le trouvaient laid.

Il n'était pas laid. Il était beau peut-être. Il avait dans le profil quelque chose d'un barbare antique. Au repos, il ressemblait à un Dace de la colonne trajane. Son oreille était petite, délicate, sans lambeau, et d'une admirable forme acoustique. Il avait entre les deux yeux cette fière ride

verticale de l'homme hardi et persévérant. Les
deux coins de sa bouche tombaient, ce qui est
amer; son front était d'une courbe noble et sereine, sa prunelle franche regardait bien, quoique
troublée par ce clignement que donne aux pêcheurs
la réverbération des vagues. Son rire était puéril
et charmant. Pas de plus pur ivoire que ses dents.
Mais le hâle l'avait fait presque nègre. On ne se
mêle pas impunément à l'océan, à la tempête et
à la nuit; à trente ans, il en paraissait quarante-
cinq. Il avait le sombre masque du vent et de
la mer.

On l'avait surnommé Gilliatt le Malin.

Une fable de l'Inde dit : Un jour Brahmâ demanda à la Force : qui est plus fort que toi? Elle
répondit : l'Adresse. Un proverbe chinois dit :
Que ne pourrait le lion, s'il était singe! Gilliatt
n'était ni lion, ni singe; mais les choses qu'il faisait venaient à l'appui du proverbe chinois et de
la fable indoue. De taille ordinaire et de force ordinaire, il trouvait moyen, tant sa dextérité était
inventive et puissante, de soulever des fardeaux
de géant et d'accomplir des prodiges d'athlète.

Il y avait en lui du gymnaste; il se servait

indifféremment de sa main droite et de sa main gauche.

Il ne chassait pas, mais il pêchait. Il épargnait les oiseaux, non les poissons. Malheur aux muets ! Il était nageur excellent.

La solitude fait des gens à talents ou des idiots. Gilliatt s'offrait sous ces deux aspects. Par moments on lui voyait « l'air étonné » dont nous avons parlé, et on l'eût pris pour une brute. Dans d'autres instants, il avait on ne sait quel regard profond. L'antique Chaldée a eu de ces hommes-là ; à de certaines heures, l'opacité du pâtre devenait transparente et laissait voir le mage.

En somme, ce n'était qu'un pauvre homme sachant lire et écrire. Il est probable qu'il était sur la limite qui sépare le songeur du penseur. Le penseur veut, le songeur subit. La solitude s'ajoute aux simples, et les complique d'une certaine façon. Ils se pénètrent à leur insu d'horreur sacrée. L'ombre où était l'esprit de Gilliatt se composait, en quantité presque égale, de deux éléments obscurs tous deux, mais bien différents : en lui, l'ignorance, infirmité ; hors de lui, le mystère, immensité.

A force de grimper dans les rochers, d'escalader
les escarpements, d'aller et de venir dans l'archipel par tous les temps, de manœuvrer la première
embarcation venue, de se risquer jour et nuit dans
les passes les plus difficiles, il était devenu, sans
en tirer parti du reste, et pour sa fantaisie et son
plaisir, un homme de mer surprenant.

Il était pilote né. Le vrai pilote est le marin qui
navigue sur le fond plus encore que sur la surface.
La vague est un problème extérieur, continuellement compliqué par la configuration sous-marine
des lieux où le navire fait route. Il semblait, à
voir Gilliatt voguer sur les bas-fonds et à travers
les récifs de l'archipel normand, qu'il eût sous la
voûte du crâne une carte du fond de la mer. Il savait tout et bravait tout.

Il connaissait les balises mieux que les cormo-
rans qui s'y perchent. Les différences impercep-
tibles qui distinguent l'une de l'autre les quatre
balises poteaux du Creux, d'Alligande, des Tré-
mies et de la Sardrette étaient parfaitement nettes
et claires pour lui, même dans le brouillard. Il
n'hésitait ni sur le pieu à pomme ovale d'Anfré, ni
sur le triple fer de lance de la Rousse, ni sur la

boule blanche de la Corbette, ni sur la boule noire
de Longue-Pierre, et il n'était pas à craindre qu'il
confondît la croix de Goubeau avec l'épée plantée
en terre de la Platte, ni la balise marteau des Bar-
bées avec la balise queue-d'aronde du Moulinet.

Sa rare science de marin éclata singulièrement
un jour qu'il y eut à Guernesey une de ces sortes
de joutes marines qu'on nomme régates. La question était celle-ci : être seul dans une embarcation à quatre voiles, la conduire de Saint-Sampson
à l'île de Herm, qui est à une lieue, et la ramener
de Herm à Saint-Sampson. Manœuvrer seul un
bateau à quatre voiles, il n'est pas de pêcheur qui
ne fasse cela, et la difficulté ne semble pas grande,
mais voici ce qui l'aggravait : premièrement, l'embarcation elle-même, laquelle était une de ces
larges et fortes chaloupes ventrues d'autrefois, à
la mode de Rotterdam, que les marins du siècle
dernier appelaient des *panses hollandaises*. On
rencontre encore quelquefois en mer cet ancien
gabarit de Hollande, joufflu et plat, et ayant à bâbord et à tribord deux ailes qui s'abattent, tantôt
l'une, tantôt l'autre, selon le vent, et remplacent
la quille. Deuxièmement, le retour de Herm ; re-

tour qui se compliquait d'un lourd lest de pierres.
On allait vide, mais on revenait chargé. Le prix
de la joute était la chaloupe. Elle était d'avance
donnée au vainqueur. Cette panse avait servi de
bateau-pilote ; le pilote qui l'avait montée et con-
duite pendant vingt ans était le plus robuste des
marins de la Manche ; à sa mort on n'avait trouvé
personne pour gouverner la panse, et l'on s'était
décidé à en faire le prix d'une régate. La panse,
quoique non pontée, avait des qualités, et pouvait
tenter un manœuvrier. Elle était mâtée en avant,
ce qui augmentait la puissance de traction de la
voilure. Autre avantage, le mât ne gênait point le
chargement. C'était une coque solide ; pesante,
mais vaste, et tenant bien le large ; une vraie
barque commère. Il y eut empressement à se dis-
puter ; la joute était rude, mais le prix était beau.
Sept ou huit pêcheurs, les plus vigoureux de l'île,
se présentèrent. Ils essayèrent tour à tour ; pas
un ne put aller jusqu'à Herm. Le dernier qui lutta
était connu pour avoir franchi à la rame par un
gros temps le redoutable étranglement de mer qui
est entre Serk et Brecq-Hou. Ruisselant de sueur,
il ramena la panse et dit : C'est impossible. Alors

Gilliatt entra dans la barque, empoigna d'abord l'aviron, ensuite la grande écoute, et poussa au large. Puis, sans bitter l'écoute, ce qui eût été une imprudence, et sans la lâcher, ce qui le maintenait maître de la grande voile, laissant l'écoute rouler sur l'estrope au gré du vent sans dériver, il saisit de la main gauche la barre. En trois quarts d'heure, il fut à Herm. Trois heures après, quoiqu'un fort vent du sud se fût élevé et eût pris la rade en travers, la panse, montée par Gilliatt, rentrait à Saint-Sampson avec le chargement de pierres. Il avait, par luxe et bravade, ajouté au chargement le petit canon de bronze de Herm, que les gens de l'île tiraient tous les ans le 5 novembre en réjouissance de la mort de Guy Fawkes.

Guy Fawkes, disons-le en passant, est mort il y a deux cent soixante ans; c'est là une longue joie.

Gilliatt, ainsi surchargé et surmené, quoiqu'il eût de trop le canon de Guy Fawkes dans sa barque et le vent du sud dans sa voile, ramena, on pourrait dire rapporta, la panse à Saint-Sampson.

Ce que voyant, mess Lethierry s'écria : Voilà un matelot hardi !

Et il tendit la main à Gilliatt.

Nous reparlerons de mess Lethierry.

La panse fut adjugée à Gilliatt.

Cette aventure ne nuisit pas à son surnom de Malin.

Quelques personnes déclarèrent que la chose n'avait rien d'étonnant, attendu que Gilliatt avait caché dans le bateau une branche de mélier sauvage. Mais cela ne put être prouvé.

A partir de ce jour, Gilliatt n'eut plus d'autre embarcation que la panse. C'est dans cette lourde barque qu'il allait à la pêche. Il l'amarrait dans le très-bon petit mouillage qu'il avait pour lui tout seul sous le mur même de sa maison du Bû de la Rue. A la tombée de la nuit, il jetait ses filets sur son dos, traversait son jardin, enjambait le parapet de pierres sèches, dégringolait d'un rocher à l'autre, et sautait dans la panse. De là au large.

Il pêchait beaucoup de poisson, mais on affirmait que la branche de mélier était toujours attachée à son bateau. Le mélier, c'est le néflier. Personne n'avait vu cette branche, mais tout le monde y croyait.

Le poisson qu'il avait de trop, il ne le vendait pas, il le donnait.

Les pauvres recevaient son poisson, mais lui en voulaient pourtant, à cause de cette branche de métier. Cela ne se fait pas. On ne doit point tricher la mer.

Il était pêcheur, mais il n'était pas que cela. Il avait, d'instinct et pour se distraire, appris trois ou quatre métiers. Il était menuisier, ferron, charron, calfat, et même un peu mécanicien. Personne ne raccommodait une roue comme lui. Il fabriquait dans un genre à lui tous ses engins de pêche. Il avait dans un coin du B: de la Rue une petite forge et une enclume, et, la panse n'ayant qu'une ancre, il lui en avait fait, lui-même et lui seul, une seconde. Cette ancre était excellente; l'organeau avait la force voulue, et Gilliatt, sans que personne le lui eût enseigné, avait trouvé la dimension exacte que doit avoir le jouail pour empêcher l'ancre de cabaner.

Il avait patiemment remplacé tous les clous du bordage de la panse par des gournables, ce qui rendait les trous de rouille impossibles.

De cette manière il avait beaucoup augmenté

les bonnes qualités de mer de la panse. Il en profitait pour s'en aller de temps en temps passer
un mois, ou deux dans quelque îlot solitaire
comme Chousey ou les Casquets. On disait : Tiens,
Gilliatt n'est plus là. Cela ne faisait de peine à
personne.

VII

A MAISON VISIONNÉE HABITANT VISIONNAIRE

Gilliatt était l'homme du songe. De là ses audaces, de là aussi ses timidités. Il avait ses idées à lui.

Peut-être y avait-il en Gilliatt de l'halluciné et de l'illuminé. L'hallucination hante tout aussi bien un paysan comme Martin qu'un roi comme Henri IV. L'Inconnu fait parfois à l'esprit de

l'homme des surprises. Une brusque déchirure de
l'ombre laisse tout à coup voir l'invisible, puis se
referme. Ces visions sont quelquefois transfigura-
trices; elles font d'un chamelier Mahomet et d'une
chevrière Jeanne d'Arc. La solitude dégage une certaine quantité d'égarement sublime. C'est la fumée
du buisson ardent. Il en résulte un mystérieux
tremblement d'idées qui dilate le docteur en voyant
et le poète en prophète; il en résulte Horeb, le
Cédron, Ombos, les ivresses du laurier de Castalie
mâché, les révélations du mois Busion; il en résulte Péléïa à Dodone, Phémonoë à Delphes, Tro-
phonius à Lébadée, Ézéchiel sur le Kébar, Jérôme
dans la Thébaïde. Le plus souvent l'état visionnaire
accable l'homme, et le stupéfie. L'abrutissement
sacré existe. Le fakir a pour fardeau sa vision
comme le crétin son goître. Luther parlant aux
diables dans le grenier de Wittemberg, Pascal
masquant l'enfer avec le paravent de son cabinet,
l'obi nègre dialoguant avec le dieu Bossum à face
blanche, c'est le même phénomène, diversement
porté par les cerveaux qu'il traverse, selon leur
force et leur dimension. Luther et Pascal sont et
restent grands; l'obi est imbécile.

Gilliatt n'était ni si haut, ni si bas. C'était un pensif. Rien de plus.

Il voyait la nature un peu étrangement.

De ce qu'il lui était arrivé plusieurs fois de trouver dans de l'eau de mer parfaitement limpide d'assez gros animaux inattendus, de formes diverses, de l'espèce méduse, qui, hors de l'eau, ressemblaient à du cristal mou, et qui, rejetés dans l'eau, s'y confondaient avec leur milieu, par l'identité de diaphanéité et de couleur, au point d'y disparaître, il concluait que, puisque des transparences vivantes habitaient l'eau, d'autres transparences, également vivantes, pouvaient bien habiter l'air. Les oiseaux ne sont pas les habitants de l'air; ils en sont les amphibies. Gilliatt ne croyait pas à l'air désert. Il disait : puisque la mer est remplie, pourquoi l'atmosphère serait-elle vide? Des créatures couleur d'air s'effaceraient dans la lumière et échapperaient à notre regard; qui nous prouve qu'il n'y en a pas? L'analogie indique que l'air doit avoir ses poissons comme la mer a les siens; ces poissons de l'air seraient diaphanes, bienfait de la prévoyance créatrice pour nous comme pour eux; laissant passer le jour à travers leur forme et ne faisant point d'ombre, et n'ayant pas de silhouette, ils resteraient ignorés de nous, et nous n'en pourrions rien saisir. Gilliatt imaginait que si l'on pouvait mettre la terre à sec d'atmosphère, et que si l'on pêchait l'air comme on pêche un étang, on y trouverait une foule d'êtres surprenants. Et, ajoutait-il dans sa rêverie, bien des choses s'expliqueraient.

La rêverie, qui est la pensée à l'état de nébuleuse, confine au sommeil, et s'en préoccupe comme de sa frontière. L'air habité par des transparences vivantes, ce serait le commencement de l'inconnu ; mais au delà s'offre la vaste ouverture du possible. Là d'autres êtres, là d'autres faits. Aucun surnaturalisme ; mais la continuation occulte de la nature infinie. Gilliatt, dans ce désœuvrement laborieux qui était ,son existence, était un bizarre observateur. Il allait jusqu'à observer le sommeil. Le sommeil est en contact avec le possible, que nous nommons aussi l'invraisemblable. Le monde nocturne est un monde. La nuit, en tant que nuit, est un univers. L'organisme matériel humain, sur lequel pèse une colonne atmosphérique de quinze lieues de haut, est fatigué le soir,

il tombe de lassitude, il se couche, il se repose ;
les yeux de chair se ferment ; alors dans cette
tête assoupie, moins inerte qu'on ne croit, d'autres
yeux s'ouvrent ; l'Inconnu apparaît. Les choses
sombres du monde ignoré deviennent voisines de
l'homme, soit qu'il y ait communication véritable,
soit que les lointains de l'abîme aient un grossissement visionnaire ; il semble que les vivants in-
distincts de l'espace viennent nous regarder et
qu'ils aient une curiosité de nous, les vivants terrestres ; une création fantôme monte ou descend
vers nous et nous côtoie dans un crépuscule ; devant notre contemplation spectrale, une vie autre
que la nôtre s'agrége et se désagrége, composée
de nous-mêmes et d'autre chose ; et le dormeur,
pas tout à fait voyant, pas tout à fait inconscient,
entrevoit ces animalités étranges, ces végétations
extraordinaires, ces lividités terribles ou souriantes,
ces larves, ces masques, ces figures, ces hydres,
ces confusions, ce clair de lune sans lune, ces
obscures décompositions du prodige, ces crois-
sances et ces décroissances dans une épaisseur
trouble, ces flottaisons de formes dans les ténèbres, tout ce mystère que nous appelons le

songe et qui n'est autre chose que l approche d'une réalité invisible. Le rêve est l'aquarium de a nuit.

Ainsi songeait Gilliatt.

VIII

LA CHAISE GILD-HOLM-'UR

Ce serait vainement qu'on chercherait aujour-
d'hui, dans l'anse du Houmet, la maison de Gilliatt, son jardin, et la crique où il abritait la panse.
Le Bû de la Rue n'existe plus. La petite presqu'île
qui portait cette maison est tombée sous le pic des
démolisseurs de falaises et a été chargée, charretée à charretée, sur les navires des brocanteurs
de rochers et des marchands de granit. Elle est

devenue quai, église et palais, dans la capitale.
Toute cette crête d'écueils est depuis longtemps
partie pour Londres.

Ces allongements de rochers dans la mer, avec
leurs crevasses et leurs dentelures, sont de vraies
petites chaînes de montagnes ; on a, en les voyant,
l'impression qu'aurait un géant regardant les Cor-
dillères. L'idiome local les appelle Banques. Ces
banques ont des figures diverses. Les unes ressem-
blent à une épine dorsale ; chaque rocher est une
vertèbre ; les autres à une arête de poisson ; les
autres à un crocodile qui boit.

A l'extrémité de la banque du Bû de la Rue, il
y avait une grande roche que les pêcheurs du
Houmet appelaient la Corne de la Bête. Cette
roche, sorte de pyramide, ressemblait, quoique
moins élevée, au Pinacle de Jersey. A marée haute,
le flot la séparait de la banque, et la Corne était
isolée. A marée basse, on y arrivait par un isthme .
de roches praticables. La curiosité de ce rocher,
c'était, du côté de la mer, une sorte de chaise
naturelle creusée par la vague et polie par la pluie.
Cette chaise était traître. On y était insensiblement amené par la beauté de la vue ; on s'y arrê-

tait « pour l'amour du prospect », comme on dit
à Guernesey; quelque chose vous retenait; il y a
un charme dans les grands horizons. Cette chaise
s'offrait; elle faisait une sorte de niche dans la
façade à pic du rocher; grimper à cette niche était
facile; la mer qui l'avait taillée dans le roc avait
étagé au-dessous et commodément disposé une
sorte d'escalier de pierres plates; l'abîme a de ces
prévenances, défiez-vous de ses politesses; la
chaise tentait, on y montait, on s'y asseyait; là on
était à l'aise; pour siége le granit usé et arrondi
par l'écume, pour accoudoirs deux anfractuosités
qui semblaient faites exprès, pour dossier toute la
haute muraille verticale du rocher qu'on admirait
au-dessus de sa tête sans penser à se dire qu'il
serait impossible de l'escalader; rien de plus simple
que de s'oublier dans ce fauteuil; on découvrait
toute la mer, on voyait au loin les navires arriver
ou s'en aller, on pouvait suivre des yeux une voile
jusqu'à ce qu'elle s'enfonçât au delà des Casquets
sous la rondeur de l'océan, on s'émerveillait, on
regardait, on jouissait, on sentait la caresse de la
brise et du flot; il existe à Cayenne un vespertilio,
sachant ce qu'il fait, qui vous endort dans l'ombre

avec un doux et ténébreux battement d'ailes, le vent est cette chauve-souris invisible; quand il n'est pas ravageur, il est endormeur. On contemplait la mer, on écoutait le vent, on se sentait gagner par l'assoupissement de l'extase. Quand les yeux sont remplis d'un excès de beauté et de lumière, c'est une volupté de les fermer. Tout à coup on se réveillait. Il était trop tard. La marée avait grossi peu à peu. L'eau enveloppait le rocher.

On était perdu.

Redoutable blocus que celui-ci : la mer montante.

La marée croît insensiblement d'abord, puis violemment. Arrivée aux rochers, la colère la prend, elle écume. Nager ne réussit pas toujours dans les brisants. D'excéllents nageurs s'étaient noyés à la Corne du Bû de la Rue.

En de certains lieux, à de certaines heures, regarder la mer est un poison. C'est comme, quelquefois, regarder une femme.

Les très-anciens habitants de Guernesey appelaient jadis cette niche façonnée dans le roc par le flot la Chaise Gild-Holm-'Ur, ou *Kidormur*. Mot celte, dit-on, que ceux qui savent le celte ne comprennent pas et que ceux qui savent le français comprennent. *Qui-dort-meurt.* Telle est la traduction paysanne.

On est libre de choisir entre cette traduction, *Qui-dort-meurt,* et la traduction donnée en 1819, je crois, dans l'*Armoricain,* par M. Athénas. Selon cet honorable celtisant, Gild-Holm-'Ur signifierait *Halte-de-troupes-d'oiseaux.*

Il existe à Aurigny une autre chaise de ce genre, qu'on nomme la Chaise-au-Moine, si bien confectionnée par le flot, et avec une saillie de roche ajustée si à propos qu'on pourrait dire que la mer a la complaisance de vous mettre un tabouret sous les pieds.

Au plein de la mer, à la marée haute, on n'apercevait plus la chaise Gild-Holm-'Ur. L'eau la couvrait entièrement.

La chaise Gild-Holm-'Ur était la voisine du Bû de la Rue. Gilliatt la connaissait et s'y asseyait. Il venait souvent là. Méditait-il? Non. Nous venons de le dire, il songeait. Il ne se laissait pas surprendre par la marée.

LIVRE DEUXIÈME

MESS LETHIERRY

I

VIE AGITÉE ET CONSCIENCE TRANQUILLE

Mess Lethierry, l'homme notable de Saint-Sampson, était un matelot terrible. Il avait beaucoup navigué. Il avait été mousse, voilier, gabier, timonier, contre-maître, maître d'équipage, pilote, patron. Il était maintenant armateur. Il n'y avait pas un autre homme comme lui pour savoir la mer. Il était intrépide aux sauvetages. Dans les gros temps il s'en allait le long de la grève, regar-

dant à l'horizon. Qu'est-ce que c'est que ça là-
bas? il y a quelqu'un en peine. C'est un chasse-
marée de Weymouth, c'est un coutre d'Aurigny,
c'est une bisquine de Courseulle, c'est le yacht
d'un lord, c'est un anglais, c'est un français, c'est
un pauvre, c'est un riche, c'est le diable, n'im-
porte, il sautait dans une barque, appelait deux ou
trois vaillants hommes, s en passait au besoin, faisait l'équipe à lui tout seul, détachait l'amarre,
prenait la rame, poussait en haute mer, montait
et descendait et remontait dans les creux du flot,
plongeait dans l'ouragan, allait au danger. On le
voyait de loin dans la rafale, debout sur l'embarcation, ruisselant de pluie, mêlé aux éclairs,
avec la face d'un lion qui aurait une crinière
d'écume. Il passait quelquefois ainsi toute sa
journée dans le risque, dans la vague, dans la
grêle, dans le vent, accostant les navires en per-
dition, sauvant les hommes, sauvant les charge-
ments, cherchant dispute à la tempête. Le soir il
rentrait chez lui, et tricotait une paire de bas.

Il mena cette vie cinquante ans, de dix ans à
soixante, tant qu'il fut jeune. A soixante ans, il
s'aperçut qu'il ne levait plus d'un seul bras l'en-

clume de la forge du Varclin ; cette enclume pesait trois cents livres; et tout à coup il fut fait prisonnier par les rhumatismes. Il lui fallut renoncer à la mer. Alors il passa de l'âge héroïque à l'âge patriarchal. Ce ne fut plus qu'un bonhomme.

Il était arrivé en même temps aux rhumatismes et à l'aisance. Ces deux produits du travail se tiennent volontiers compagnie. Au moment où l'on devient riche, on est paralysé. Cela couronne la vie.

On se dit : jouissons maintenant.

Dans les îles comme Guernesey, la population est composée d'hommes qui ont passé leur vie à faire le tour de leur champ et d'hommes qui ont passé leur vie à faire le tour du monde. Ce sont les deux sortes de laboureurs, ceux-ci de la terre, ceux-là de la mer. Mess Lethierry était des derniers. Pourtant il connaissait la terre. Il avait eu une forte vie de travailleur. Il avait voyagé sur le continent. Il avait été quelque temps charpentier de navire à Rochefort, puis à Cette. Nous venons de parler du tour du monde ; il avait accompli son tour de France comme compagnon dans la charpenterie. Il avait travaillé aux appareils d'épuisement des salines de Franche-Comté. Cet honnête homme avait eu une vie d'aventurier. En France il avait appris à lire, à penser, à vouloir. Il avait fait de tout, et, de tout ce qu'il avait fait, il avait extrait la probité. Le fond de sa nature, c'était le matelot. L'eau lui appartenait. Il disait : les poissons sont chez moi. En somme toute son existence, à deux ou trois années près, avait été donnée à l'océan ; *jetée à l'eau,* disait-il. Il avait navigué dans les grandes mers, dans l'Atlantique et dans le Pacifique, mais il préférait la Manche. Il s'écriait avec amour: *C'est celle-là qui est rude!* Il y était né et voulait y mourir. Après avoir fait un ou deux tours du monde, sachant à quoi s'en tenir, il était revenu à Guernesey, et n'en avait plus bougé. Ses voyages désormais étaient Granville et Saint-Malo.

Mess Lethierry était guernesiais, c'est-à-dire normand, c'est-à-dire anglais, c'est-à-dire français. Il avait en lui cette patrie quadruple, immergée et comme noyée dans sa grande patrie, l'Océan. Toute sa vie et partout, il avait gardé ses mœurs de pêcheur normand.

Cela ne l'empêchait point d'ouvrir un bouquin dans l'occasion, de se plaire à un livre, de savoir des noms de philosophes et de poëtes, et de baragouiner un peu toutes les langues.

II

UN GOUT QU'IL AVAIT

Gilliatt était un sauvage. Mess Lethierry en était
un autre.

Ce sauvage avait ses élégances.

Il était difficile pour les mains des femmes.
Dans sa jeunesse, presque enfant encore, étant
entre matelot et mousse, il avait entendu le bailli
de Suffren s'écrier : *Voilà une jolie fille, mais
quelles grandes diables de mains rouges!* Un mot

d'amiral, en toute matière, commande. Au-dessus d'un oracle, il y a une consigne. L'exclamation du bailli de Suffren avait rendu Lethierry délicat et exigeant en fait de petites mains blanches. Sa main à lui, large spatule couleur acajou, était massue pour la légèreté et tenaille pour la caresse, et cassait un pavé en tombant dessus, fermée.

Il ne s'était jamais marié. Il n'avait pas voulu ou pas trouvé. Cela tenait peut-être à ce que ce matelot prétendait à des mains de duchesse. On ne rencontre guère de ces mains-là dans les pêcheuses de Portbail.

On racontait pourtant qu'à Rochefort en Charente, il avait jadis fait la trouvaille d'une grisette réalisant son idéal. C'était une jolie fille ayant de jolies mains. Elle médisait et égratignait. Il ne fallait point s'attaquer à elle. Griffes au besoin, et d'une propreté exquise, ses ongles étaient sans reproche et sans peur. Ces charmants ongles avaient enchanté Lethierry, puis l'avaient inquiété ; et, craignant de ne pas être un jour le maître de sa maîtresse, il s'était décidé à ne point mener par-devant monsieur le maire cette amourette.

Une autre fois, à Aurigny, une fille lui avait plu. Il songeait aux épousailles, quand un habitant lui dit : *Je vous fais mon compliment. Vous aurez là une bonne bouselière.* Il se fit expliquer l'éloge. A Aurigny, on a une mode. On prend de la bouse de vache et on la jette contre les murs. Il y a une manière de la jeter. Quand elle est sèche, elle tombe, et l'on se chauffe avec cela. On appelle ces bouses sèches des *coipiaux.* On n'épouse une fille que si elle est bonne bouselière. Ce talent mit Lethierry en fuite.

Du reste il avait, en matière d'amour, ou d'amourette, une bonne grosse philosophie paysanne, une sagesse de matelot toujours pris, jamais enchaîné, et il se vantait de s'être, dans sa jeunesse, aisément laissé vaincre par le « cotillon ». Ce qu'on nomme aujourd'hui une crinoline, on l'appelait alors un cotillon. Cela signifie plus et moins qu'une femme.

Ces rudes marins de l'archipel normand ont de l'esprit. Presque tous savent lire et lisent. On voit le dimanche de petits mousses de huit ans assis sur un rouleau de cordages un livre à la main. De tout temps ces marins normands ont été sardo-

alques, et ont, comme on dit aujourd'hui, fait des
mots. Ce fut l'un d'eux, le hardi pilote Quéripel,
qui jeta à Montgomery réfugié à Jersey après son
malencontreux coup de lance à Henri II, cette
apostrophe : *Tête folle a cassé tête vide.* C'est un
autre, Touzeau, patron à Saint-Brelade, qui a fait
ce calembour philosophique, attribué à tort à l'é-
vêque Camus : *Après la mort les papes deviennent
papillons et les sires deviennent cirons.*

III

LA VIEILLE LANGUE DE MER

Ces marins des Channel-Islands sont de vrais vieux gaulois. Ces îles, qui aujourd'hui s'anglaisent rapidement, sont restées longtemps autochthones. Le paysan de Serk parle la langue de Louis XIV.

Il y a quarante ans, on retrouvait dans la bouche des matelots de Jersey et d'Aurigny l'idiome marin classique. On se fût cru en pleine marine

du dix-septième siècle. Un archéologue spécialiste
eût pu venir étudier là l'antique patois de manœuvre
et de bataille rugi par Jean Bart dans ce porte-
voix qui terrifiait l'amiral Hidde. Le vocabulaire
maritime de nos pères, presque entièrement renou-
velé aujourd'hui, était encore usité à Guernesey
vers 1820. Un navire qui tient bien le vent était
« bon boulinier »; un navire qui se range au vent
presque de lui-même, malgré ses voiles d'avant et
son gouvernail, était « un vaisseau ardent ». Entrer
en mouvement, c'était « prendre aire »; mettre à
la cape, c'était « capeyer »; amarrer le bout d'une
manœuvre courante, c'était « faire dormant »;
prendre le vent dessus, c'était « faire chapelle »;
tenir bon sur le câble, c'était « faire teste »; être
en désordre à bord, c'était « être en pantenne »;
avoir le vent dans les voiles, c'était « porter-
plain ». Rien de tout cela ne se dit plus. Aujour-
d'hui on dit : *louvoyer*, alors on disait : *leauvoyer;*
on dit : *nariguer*, on disait : *nariger;* on dit : *virer
vent devant*, on disait : *donner vent devant;* on dit :
aller de l'avant, on disait : *tailler de l'avant;* on
dit : *tirez d'accord*, on disait : *halez d'accord;* on
dit : *dérapez*, on disait : *déplantez;* on dit : *embra-*

ques, on disait : *abraquez;* on dit : *taquets,* on disait : *bittons;* on dit : *burins,* on disait : *tappes;* on dit : *balancines,* on disait : *valancines;* on dit : *tribord,* on disait : *stribord;* on dit : *les hommes de quart à bâbord,* on disait : *les basbourdis.* Tourville écrivait à Hocquincourt : *nous avons singlé.* Au lieu de « la rafale », *le raffal;* au lieu de « bossoir », *boussoir;* au lieu de « drosse », *drousse;* au lieu de « loffer », *faire une olofée;* au lieu de « élonger », *alonger;* au lieu de « forte brise », *survent;* au lieu de « jouail », *jas;* au lieu de « soute », *fosse;* telle était, au commencement de ce siècle, la langue de bord des îles de la Manche. En entendant parler un pilote jerslais, Ango eût été ému. Tandis que partout les voiles *faseyaient,* aux îles de la Manche, elles *barbeyaient.* Une saute-de-vent était une « folle-vente ». On n'employait plus que là les deux modes gothiques d'amarrage, la valture et la portugaise. On n'entendait plus que là les vieux commandements : *Tour-et-choque ! — Bosse et bitte !* — Un matelot de Granville disait déjà *le clan,* qu'un matelot de Saint-Aubin ou de Saint-Sampson disait encore *le canal de poulit.* Ce qui était *bout d'alonge* à Saint-Malo était à Saint-

Hélier *oreille d'âne.* Mess Lethierry, absolument
comme le duc de Vivonne, appelait la courbure
concave des ponts *la tonture* et le ciseau du calfat
la patarasse. C'est avec ce bizarre idiome entre les
dents que Duquesne battit Ruyter, que Duguay-
Trouin battit Wasnaer, et que Tourville en 1684
embossa en plein jour la première galère qui bom-
barda Alger. Aujourd'hui, c'est une langue morte.
L'argot de la mer est actuellement tout autre.
Duperré ne comprendrait pas Suffren.

La langue des signaux ne s'est pas moins trans-
formée; et il y a loin des quatre flammes rouge,
blanche, bleue et jaune de La Bourdonnais aux
dix-huit pavillons d'aujourd'hui qui, arborés deux
par deux, trois par trois, et quatre par quatre,
offrent aux besoins de la communication lointaine
soixante-dix mille combinaisons, ne restent jamais
court, et, pour ainsi dire, prévoient l'imprévu.

IV

ON EST VULNÉRABLE DANS CE QU'ON AIME

Mess Lethierry avait le cœur sur la main; une large main et un grand cœur. Son défaut, c'était cette admirable qualité, la confiance. Il avait une façon à lui de prendre un engagement; c'était solennel; il disait : *J'en donne ma parole d'honneur au bon Dieu.* Cela dit, il allait jusqu'au bout. Il croyait au bon Dieu, pas au reste. Le peu qu'il allait aux églises était politesse. En mer, il était superstitieux.

Pourtant jamais un gros temps ne l'avait fait reculer; cela tenait à ce qu'il était peu accessible à la contradiction. Il ne la tolérait pas plus de l'océan que d'un autre. Il entendait être obéi; tant pis pour la mer si elle résistait; il fallait qu'elle en prît son parti. Mess Lethierry ne cédait point. Une vague qui se cabre, pas plus qu'un voisin qui dispute, ne réussissait à l'arrêter. Ce qu'il disait était dit, ce qu'il projetait était fait. Il ne se courbait ni devant une objection, ni devant une tempête. *Non*, pour lui, n'existait pas; ni dans la bouche d'un homme, ni dans le grondement d'un nuage. Il passait outre. Il ne permettait point qu'on le refusât. De là son entêtement dans la vie et son intrépidité sur l'océan.

Il assaisonnait volontiers lui-même sa soupe au poisson, sachant la dose de poivre et de sel et les herbes qu'il fallait, et se régalait autant de la faire que de la manger. Un être qu'un suroit transfigure et qu'une redingote abrutit, qui ressemble, les cheveux au vent, à Jean Bart, et, en chapeau rond, à Jocrisse, gauche à la ville, étrange et

redoutable à la mer, un dos de portefaix, point de
jurons, très-rarement de la colère, un petit accent
très-doux qui devient tonnerre dans un porte-voix,
un paysan qui a lu l'Encyclopédie, un guernesiais
qui a vu la révolution, un ignorant très-savant,
aucune bigoterie, mais toutes sortes de visions,
plus de foi à la Dame blanche qu'à la sainte
Vierge, la forme de Polyphème, la logique de la
girouette, la volonté de Christophe Colomb, quelque chose d'un taureau et quelque chose d'un
enfant, un nez presque camard, des joues puis-
santes, une bouche qui a toutes ses dents, un fron-
cement partout sur la figure, une face qui semble
avoir été tripotée par la vague et sur laquelle la
rose des vents a tourné pendant quarante ans, un
air d'orage sur le front, une carnation de roche en
pleine mer ; maintenant mettez dans ce visage dur
un regard bon, vous aurez mess Lethierry.

Mess Lethierry avait deux amours : Durande et
Déruchette.

LIVRE TROISIÈME

DURANDE ET DÉRUCHETTE

BABIL ET FUMÉE

Le corps humain pourrait bien n'être qu'une
apparence. Il cache notre réalité. Il s'épaissit sur
notre lumière ou sur notre ombre. La réalité, c'est
l'âme. A parler absolument, notre visage est un
masque. Le vrai homme, c'est ce qui est sous
l'homme. Si l'on apercevait cet homme-là, tapi et
abrité derrière cette illusion qu'on nomme la chair,
on aurait plus d'une surprise. L'erreur commune,

c'est de prendre l'être extérieur pour l'être réel. Telle fille, par exemple, si on la voyait ce qu'elle est, apparaîtrait oiseau.

Un oiseau qui a la forme d'une fille, quoi de plus exquis! Figurez-vous que vous l'avez chez vous. Ce sera Déruchette. Le délicieux être! On serait tenté de lui dire : Bonjour, mademoiselle la bergeronnette. On ne voit pas les ailes, mais on entend le gazouillement. Par instants, elle chante. Par le babil, c'est au-dessous de l'homme; par le chant, c'est au-dessus. Il y a le mystère dans ce chant; une vierge est une enveloppe d'ange. Quand la femme se fait, l'ange s'en va; mais plus tard, il revient, apportant une petite âme à la mère. En attendant la vie, celle qui sera mère un jour est très-longtemps un enfant, la petite fille persiste dans la jeune fille, et c'est une fauvette. On pense en la voyant : qu'elle est aimable de ne pas s'envoler! Le doux être familier prend ses aises dans la maison, de branche en branche, c'est-à-dire de chambre en chambre, entre, sort, s'approche, s'éloigne, lisse ses plumes ou peigne ses cheveux, fait toutes sortes de petits bruits délicats, murmure on ne sait quoi d'ineffable à vos oreilles. Il ques-

tionne, on lui répond ; on l'interroge, il gazouille.
On jase avec lui. Jaser, cela délasse de parler.
Cet être a du ciel en lui. C'est une pensée bleue
mêlée à votre pensée noire. Vous lui savez gré
d'être si léger, si fuyant, si échappant, si peu sai-
sissable, et d'avoir la bonté de ne pas être invisible, lui qui pourrait, ce semble, être impalpable. Ici-bas, le joli, c'est le nécessaire. Il y a
sur la terre peu de fonctions plus importantes que
celle-ci : être charmant. La forêt serait au désespoir sans le colibri. Dégager de la joie, rayonner
du bonheur, avoir parmi les choses sombres une
exsudation de lumière, être la dorure du destin,
être l'harmonie, être la grâce, être la gentillesse,
c'est vous rendre service. La beauté me fait du
bien en étant belle. Telle créature a cette féerie
d'être pour tout ce qui l'entoure un enchantement ;
quelquefois elle n'en sait rien elle-même, ce n'en
est que plus souverain ; sa présence éclaire, son
approche réchauffe ; elle passe, on est content ;
elle s'arrête, on est heureux ; la regarder, c'est
vivre ; elle est de l'aurore ayant la figure humaine ;
elle ne fait pas autre chose que d'être là, cela suffit, elle édénise la maison, il lui sort par tous

les pores un paradis; cette extase, elle la distribue à tous sans se donner d'autre peine que de respirer à côté d'eux. Avoir un sourire qui, on ne sait comment, diminue le poids de la chaîne énorme traînée en commun par tous les vivants, que voulez-vous que je vous dise, c'est divin. Ce sourire, Déruchette l'avait. Disons plus, Déruchette était ce sourire. Il y a quelque chose qui nous ressemble plus que notre visage, c'est notre physionomie; et il y a quelque chose qui nous ressemble plus que notre physionomie, c'est notre sourire. Déruchette souriant, c'était Déruchette.

C'est un sang particulièrement attrayant que celui de Jersey et de Guernesey. Les femmes, les filles surtout, sont d'une beauté fleurie et candide. C'est la blancheur saxonne et la fraîcheur normande combinées. Des joues roses et des regards bleus. Il manque à ces regards l'étoile. L'éducation anglaise les amortit. Ces yeux limpides seront irrésistibles, le jour où la profondeur parisienne y apparaîtra. Paris, heureusement, n'a pas encore fait son entrée dans les anglaises. Déruchette n'était pas une parisienne, mais n'était pas non plus une guernesiaise. Elle était née à Saint-Pierre-Port,

mais mess Lethierry l'avait élevée. Il l'avait élevée
pour être mignonne; elle l'était.

Déruchette avait le regard indolent, et agressif
sans le savoir. Elle ne connaissait peut-être pas le
sens du mot amour, et elle rendait volontiers les
gens amoureux d'elle. Mais sans mauvaise inten-
tion. Elle ne songeait à aucun mariage. Le vieux
gentilhomme émigré qui avait pris racine à Saint-
Sampson, disait : *Cette petite fait de la flirtation
à poudre.*

Déruchette avait les plus jolies petites mains du
monde et des pieds assortis aux mains, *quatre
pattes de mouche,* disait mess Lethierry. Elle avait
dans toute sa personne la bonté et la douceur,
pour famille et pour richesse mess Lethierry, son
oncle, pour travail de se laisser vivre, pour talent quelques chansons, pour science la beauté,
pour esprit l'innocence, pour cœur l'ignorance;
elle avait la gracieuse paresse créole, mêlée
d'étourderie et de vivacité, la gaîté taquine de
l'enfance avec une pente à la mélancolie, des toi-
lettes un peu insulaires, élégantes, mais incor-
rectes, des chapeaux de fleurs toute l'année, le
front naïf, le cou souple et tentant, les cheveux

châtains, la peau blanche avec quelques taches de
rousseur l'été, la bouche grande et saine, et sur
cette bouche l'adorable et dangereuse clarté du
sourire. C'était là Déruchette.

Quelquefois, le soir, après le soleil couché, au
moment où la nuit se mêle à la mer, à l'heure où
le crépuscule donne une sorte d'épouvante aux
vagues, on voyait entrer dans le goulet de Saint-
Sampson, sur le soulèvement sinistre des flots, on
ne sait quelle masse informe, une silhouette monstrueuse qui sifflait et crachait, une chose horrible
qui râlait comme une bête et qui fumait comme
un volcan, une espèce d'hydre bavant dans l'écume
et traînant un brouillard et se ruant vers la ville
avec un effrayant battement de nageoires et une
gueule d'où sortait de la flamme. C'était Durande.

II

HISTOIRE ÉTERNELLE DE L'UTOPIE

C'était une prodigieuse nouveauté qu'un bateau
à vapeur dans les eaux de la Manche en 182...
Toute la côte normande en fut longtemps effarée.
Aujourd'hui dix ou douze steamers se croisant en
sens inverse sur un horizon de mer ne font lever
les yeux à personne ; tout au plus occupent-ils un
moment le connaisseur spécial qui distingue à la
couleur de leur fumée que celui-ci brûle du char-

bon de Wales et celui-là du charbon de Newcastle.
Ils passent, c'est bien. Welcome, s'ils arrivent.
Bon voyage, s'ils partent.

On était moins calme à l'endroit de ces inven-
tions-là dans le premier quart de ce siècle, et ces
mécaniques et leur fumée étaient particulièrement
mal vues chez les insulaires de la Manche. Dans
cet archipel puritain où la reine d'Angleterre a été
blâmée de violer la Bible* en accouchant par le
chloroforme, le bateau à vapeur eut pour premier
succès d'être baptisé : *le Bateau-Diable* (Devil-
Boat). A ces bons pêcheurs d'alors, jadis catholiques, désormais calvinistes, toujours bigots, cela
sembla être de l'enfer qui flottait. Un prédicateur
local traita cette question : *A-t-on le droit de faire
travailler ensemble l'eau et le feu, que Dieu a
séparés**?* Cette bête de feu et de fer ne ressem-
blait-elle pas à Léviathan? N'était-ce pas refaire
dans la mesure humaine le chaos? Ce n'est pas
la première fois que l'ascension du progrès est
qualifiée retour au chaos.

Idée folle, erreur grossière, absurdité; tel avait

---

* *Genèse,* chap. III, vers. 16 : Tu enfanteras avec douleur.
** *Genèse,* chap. I, vers. 4.

été le verdict de l'académie des sciences consultée,
au commencement de ce siècle, sur le bateau
à vapeur par Napoléon; les pêcheurs de Saint-
Sampson sont excusables de n'être, en matière
scientifique, qu'au niveau des géomètres de Paris,
et, en matière religieuse, une petite île comme
Guernesey n'est pas forcée d'avoir plus de lumières
qu'un grand continent comme l'Amérique. En
1807, quand le premier bateau de Fulton, pa-
tronné par Livingston, pourvu de la machine de
Watt envoyée d'Angleterre, et monté, outre l'équipage, par deux français seulement, André Mi-
chaux et un autre, quand ce premier bateau à
vapeur fit son premier voyage de New-York à
Albany, le hasard fit que ce fut le 17 août. Sur
ce, le méthodisme prit la parole, et dans toutes les
chapelles les prédicateurs maudirent cette machine,
déclarant que ce nombre *dix-sept* était le total des
dix antennes et des sept têtes de la bête de l'Apocalypse. En Amérique on invoquait contre le navire
à vapeur la bête de l'Apocalypse et en Europe la
bête de la Genèse. Là était toute la différence.

Les savants avaient rejeté le bateau à vapeur
comme impossible; les prêtres à leur tour le re-

jetaient comme impie. La science avait condamné, la religion damnait. Fulton était une variété de Lucifer. Les gens simples des côtes et des campagnes adhéraient à la réprobation par le malaise que leur donnait cette nouveauté. En présence du bateau à vapeur, le point de vue religieux était seel : — l'eau et le feu sont un divorce. Ce divorce est ordonné de Dieu. On ne doit pas désunir ce que Dieu a uni ; on ne doit pas unir ce qu'il a désuni. — Le point de vue paysan était ceci : ça me fait peur .

Pour oser à cette époque lointaine une telle entreprise, un bateau à vapeur de Guernesey à Saint-Malo, il ne fallait rien moins que mess Lethierry. Lui seul pouvait la concevoir comme libre penseur, et la réaliser comme hardi marin. Son côté français eut l'idée, son côté anglais l'exécuta.

A quelle occasion ? disons-le.

III

RANTAINE

Quarante ans environ avant l'époque où se
passent les faits que nous racontons ici, il y avait
dans la banlieue de Paris, près du mur de ronde,
entre la Fosse-aux-Lions et la Tombe-Isoire, un
logis suspect. C'était une masure isolée, coupe-
gorge au besoin. Là demeurait avec sa femme et
son enfant une espèce de bourgeois bandit, ancien
clerc de procureur au Châtelet, devenu voleur tout

net. Il figura plus tard en cour d'assises. Cette
famille s'appelait les Rantaine. On voyait dans la
masure sur une commode d'acajou deux tasses en
porcelaine fleurie ; on lisait en lettres dorées sur
l'une : *souvenir d'amitié*, et sur l'autre : *don d'estime*. L'enfant était dans le bouge pêle-mêle avec
le crime. Le père et la mère ayant été de la demi-
bourgeoisie, l'enfant apprenait à lire ; on l'élevait.
La mère pâle, presque en guenilles, donnait machinalement « de l'éducation » à son petit, le faisait épeler, et s'interrompait pour aider son mari
à quelque guet-apens ou pour se prostituer à un
passant. Pendant ce temps-là, la Croix de Jésus,
ouverte à l'endroit où on l'avait quittée, restait sur
la table, et l'enfant auprès, rêveur.

Le père et la mère, saisis dans quelque flagrant
délit, disparurent dans la nuit pénale. L'enfant
disparut aussi.

Lethierry dans ses courses rencontra un aventurier comme lui, le tira d'on ne sait quel mauvais pas, lui rendit service, lui en fut reconnaissant,
le prit en gré, le ramassa, l'amena à Guernesey,
le trouva intelligent au cabotage, et en fit son associé. C'était le petit Rantaine devenu grand.

Rantaine, comme Lethierry, avait une nuque robuste, une large et puissante marge à porter des fardeaux entre les deux épaules, et des reins d'Hercule Farnèse. Lethierry et lui, c'était la même allure et la même encolure ; Rantaine était de plus haute taille. Qui les voyait de dos se promener côte à côte sur le port, disait : Voilà les deux frères. De face, c'était autre chose. Tout ce qui était ouvert chez Lethierry était fermé chez Rantaine. Rantaine était circonspect. Rantaine était maître d'armes, jouait de l'harmonica, mouchait une chandelle d'une balle à vingt pas, avait un coup de poing magnifique, récitait des vers de la Henriade et devinait les songes. Il savait par cœur *les Tombeaux de Saint-Denis,* par Treneuil. Il disait avoir été lié avec le sultan de Calicut *« que les portugais appellent le Zamorin »*. Si l'on eût pu feuilleter le petit agenda qu'il avait sur lui, on y eût trouvé, entre autres notes, des mentions du genre de celle-ci : « à Lyon, dans une des fissures « du mur d'un des cachots de Saint-Joseph, il y a « une lime cachée. » Il parlait avec une sage lenteur. Il se disait fils d'un chevalier de Saint-Louis. Son linge était dépareillé et marqué à des lettres différentes. Personne n'était plus chatouilleux que lui sur le point d'honneur; il se battait et tuait. Il avait dans le regard quelque chose d'une mère d'actrice.

La force servant d'enveloppe à la ruse, c'était là Rantaine.

La beauté de son coup de poing, appliqué dans une foire sur une *Cabeza de moro*, avait gagné jadis le cœur de Lethierry.

On ignorait pleinement à Guernesey ses aventures. Elles étaient bigarrées. Si les destinées ont un vestiaire, la destinée de Rantaine devait être vêtue en arlequin. Il avait vu le monde et fait la vie. C'était un circumnavigateur. Ses métiers étaient une gamme. Il avait été cuisinier à Madagascar, éleveur d'oiseaux à Sumatra, général à Honolulu, journaliste religieux aux îles Gallapagos, poète à Oomrawuttee, franc-maçon à Haïti. Il avait prononcé en cette dernière qualité au Grand-Goâve une oraison funèbre dont les journaux locaux ont conservé ce fragment : ... « Adieu donc, belle « âme! dans la voûte azurée des cieux où tu prends « maintenant ton vol, tu rencontreras sans doute « le bon abbé Léandre Crameau du Petit-Goâve.

« Dis-lui que, grâce à dix années d'efforts glo-
« rieux, tu as terminé l'église de l'Anse-à-Veau !
« Adieu, génie transcendant, maç.·. modèle ! »
Son masque de franc-maçon ne l'empêchait pas,
comme on voit, de porter le faux nez catholique.
Le premier lui conciliait les hommes de progrès
et le second les hommes d'ordre. Il se déclarait
blanc pur sang, il haïssait les noirs ; pourtant il
eût certainement admiré Soulouque. A Bordeaux,
en 1815, il avait été verdet. A cette époque, la
fumée de son royalisme lui sortait du front sous
la forme d'un immense plumet blanc. Il avait passé
sa vie à faire des éclipses, paraissant, disparais-
sant, reparaissant. C'était un coquin à feu tournant. Il savait du turc ; au lieu de *guillotiné* il
disait *néboïssé*. Il avait été esclave en Tripoli chez
un thaleb, et il y avait appris le turc à coups de
bâton ; sa fonction avait été d'aller le soir aux portes
des mosquées et d'y lire à haute voix devant les
fidèles le Koran écrit sur des planchettes de bois
ou sur des omoplates de chameau. Il était probablement renégat.

Il était capable de tout, et de pire.

Il éclatait de rire et fronçait le sourcil en même

temps. Il disait : *En politique, je n'estime que les gens inaccessibles aux influences.* Il disait : *Je suis pour les mœurs.* Il était plutôt gai et cordial qu'autre chose. La forme de sa bouche démentait le sens de ses paroles. Ses narines eussent pu passer pour des naseaux. Il avait au coin de l'œil un carrefour de rides où toutes sortes de pensées obscures se donnaient rendez-vous. Le secret de sa physionomie ne pouvait être déchiffré que là. Sa patte d'oie était une serre de vautour. Son crâne était bas au sommet et large aux tempes. Son oreille difforme et encombrée de broussailles semblait dire : ne parlez pas à la bête qui est dans cet antre.

Un beau jour, à Guernesey, on ne sut plus où était Rantaine.

L'associé de Lethierry avait « filé », laissant vide la caisse de l'association.

Dans cette caisse il y avait de l'argent à Rantaine sans doute, mais il y avait aussi cinquante mille francs à Lethierry.

Lethierry, dans son métier de caboteur et de charpentier de navires, avait, en quarante ans d'industrie et de probité, gagné cent mille francs. Rantaine lui en emporta la moitié.

Lethierry, à moitié ruiné, ne fléchit pas et songea immédiatement à se relever. On ruine la fortune des gens de cœur, non leur courage. On
commençait alors à parler du bateau à vapeur.
L'idée vint à Lethierry d'essayer la machine Fulton, si contestée, et de relier par un bateau à feu
l'archipel normand à la France. Il joua son va-
tout sur cette idée. Il y consacra son reste. Six
mois après la fuite de Rantaine, on vit sortir du port
stupéfait de Saint-Sampson un navire à fumée,
faisant l'effet d'un incendie en mer, le premier
steamer qui ait navigué dans la Manche.

Ce bateau, que la haine et le dédain de tous
gratifièrent immédiatement du sobriquet « la Galiote à Lethierry », s'annonça comme devant faire
le service régulier de Guernesey à Saint-Malo.

IV

SUITE DE L'HISTOIRE DE L'UTOPIE

La chose, on le comprend de reste, prit d'abord fort mal. Tous les propriétaires de coutres faisant le voyage de l'île guernesiaise à la côte française jetèrent les hauts cris. Ils dénoncèrent cet attentat à l'Écriture sainte et à leur monopole. Quelques chapelles fulminèrent. Un révérend, nommé Elihu, qualifia le bateau à vapeur « un libertinage ». Le navire à voiles fut déclaré orthodoxe. On vit dis-

tinctement les cornes du diable sur la tête des
bœufs que le bateau à vapeur apportait et débar-
quait. Cette protestation dura un temps raison-
nable. Cependant peu à peu on finit par s'aper-
cevoir que ces bœufs arrivaient moins fatigués,
et se vendaient mieux, la viande étant meilleure;
que les risques de mer étaient moindres pour les
hommes aussi; que ce passage, moins coûteux,
était plus sûr et plus court; qu'on partait à
heure fixe et qu'on arrivait à heure fixe; que
le poisson, voyageant plus vite, était plus frais,
et qu'on pouvait désormais déverser sur les mar-
chés français l'excédant des grandes pêches, si
fréquentes à Guernesey; que le beurre des admi-
rables vaches de Guernesey faisait plus rapidement le trajet dans le Devil-Boat que dans les
sloops à voiles, et ne perdait plus rien de sa qualité, de sorte que Dinan en demandait, et que
Saint-Brieuc en demandait, et que Rennes en demandait; qu'enfin il y avait, grâce à ce qu'on appelait *la Galiote à Lethierry,* sécurité de voyage,
régularité de communication, va-et-vient facile et
prompt, agrandissement de circulation, multipli-
cation de débouchés, extension de commerce, et

qu'en somme il fallait prendre son parti de ce
Devil-Boat qui violait la Bible et enrichissait l'île.
Quelques esprits forts se hasardèrent à approuver
dans une certaine mesure. Sieur Landoys, le greffier, accorda son estime à ce bateau. Du reste, ce
fut impartialité de sa part, car il n'aimait pas
Lethierry; d'abord Lethierry était mess et Landoys n'était que sieur. Ensuite, quoique greffier
à Saint-Pierre-Port, Landoys était paroissien
de Saint-Sampson; or ils n'étaient dans la paroisse que deux hommes, Lethierry et lui, n'ayant
point de préjugés; c'était bien le moins que
l'un détestât l'autre. Être du même bord, cela
éloigne.

Sieur Landoys néanmoins eut l'honnêteté d'approuver le bateau à vapeur. D'autres se joignirent
à sieur Landoys. Insensiblement, le fait monta;
les faits sont une marée; et, avec le temps, avec
le succès continu et croissant, avec l'évidence du
service rendu, l'augmentation du bien-être de tous
étant constatée, il vint un jour où, quelques sages
exceptés, tout le monde admira « la Galiote à
Lethierry ».

On l'admirerait moins aujourd'hui. Ce steamer

d'il y a quarante ans ferait sourire nos construc-
teurs actuels. Cette merveille était difforme ; ce
prodige était infirme.

De nos grands steamers transatlantiques d'à-
présent au bateau à roues et à feu que Denis Papin
fit manœuvrer sur la Fulde en 1707, il n'y a pas
moins de distance que du vaisseau à trois ponts
le *Montebello*, long de deux cents pieds, large de
cinquante, ayant une grande vergue de cent quinze
pieds, déplaçant un poids de trois mille tonneaux,
portant onze cents hommes, cent vingt canons,
dix mille boulets et cent soixante paquets de
mitraille, vomissant à chaque bordée, quand il
combat, trois mille trois cents livres de fer, et
déployant au vent, quand il marche, cinq mille six
cents mètres carrés de toile, au dromon danois du
deuxième siècle, trouvé plein de haches de pierre,
d'arcs et de massues, dans les boues marines de
Wester-Satrup, et déposé à l'hôtel de ville de
Flensbourg.

Cent ans juste d'intervalle, 1707-1807, séparent
le premier bateau de Papin du premier bateau de
Fulton. « La Galiote à Lethierry » était, à coup
sûr, un progrès sur ces deux ébauches, mais était

une ébauche elle-même. Cela ne l'empêchait pas d'être un chef-d'œuvre. Tout embryon de la science offre ce double aspect; monstre comme fœtus; merveille comme germe.

V

LE BATEAU-DIABLE

« La Galiote à Lethierry » n'était pas mâtée
selon le point vélique, et ce n'était pas là son
défaut, car c'est une des lois de la construction
navale ; d'ailleurs, le navire ayant pour propulseur
le feu, la voilure était l'accessoire. Ajoutons qu'un
navire à roues est presque insensible à la voilure
qu'on lui met. La Galiote était trop courte, trop
ronde, trop ramassée ; elle avait trop de joue et

trop de hanche ; la hardiesse n'avait pas été jusqu'à la faire légère ; la Galiote avait quelques-uns
des inconvénients et quelques-unes des qualités de
la Panse. Elle tanguait peu, mais roulait beaucoup.
Les tambours étaient trop hauts. Elle avait trop
de bau pour sa longueur. La machine, massive,
l'encombrait, et, pour rendre le navire capable
d'une forte cargaison, on avait dû hausser démesurément la muraille, ce qui donnait à la Galiote
à peu près le défaut des vaisseaux de soixante-
quatorze, qui sont un gabarit bâtard, et qu'il faut
raser pour les rendre battants et marins. Étant
courte, elle eût dû virer vite, les temps employés
à une évolution étant comme les longueurs des
navires, mais sa pesanteur lui ôtait l'avantage que
lui donnait sa brièveté. Son maître-couple était
trop large, ce qui la ralentissait, la résistance de
l'eau étant proportionnelle à la plus grande section
immergée et au carré de la vitesse du navire.
L'avant était vertical, ce qui ne serait pas une
faute aujourd'hui, mais en ce temps-là l'usage
invariable était de l'incliner de quarante-cinq
degrés. Toutes les courbes de la coque étaient bien
raccordées, mais pas assez longues pour l'obliquité

et surtout pour le parallélisme avec le prisme d'eau
déplacé, lequel ne doit jamais être refoulé que
latéralement. Dans les gros temps, elle tirait trop
d'eau, tantôt par l'avant, tantôt par l'arrière, ce
qui indiquait un vice dans le centre de gravité.
La charge n'étant pas où elle devait être, à cause
du poids de la machine, le centre de gravité passait souvent à l'arrière du grand mât, et alors il
fallait s'en tenir à la vapeur, et se défier de la
grande voile, car l'effet de la grande voile dans
ce cas-là faisait arriver le vaisseau au lieu de le
soutenir au vent. La ressource était, quand on
était au plus près du vent, de larguer en bande la
grande écoute ; le vent, de la sorte, était fixé sur
l'avant par l'amure, et la grande voile ne faisait
plus l'effet d'une voile de poupe. Cette manœuvre
était difficile. Le gouvernail était l'antique gouvernail, non à roue comme aujourd'hui, mais à
barre, tournant sur ses gonds scellés dans l'étam-
bot et mû par une solive horizontale passant par-
dessus la barre d'arcasse. Deux canots, espèces
de youyous, étaient suspendus aux pistolets. Le
navire avait quatre ancres, la grosse ancre, la seconde ancre qui est l'ancre travailleuse, *working-*

anchor, et deux ancres d'affourche. Ces quatre
ancres, mouillées avec des chaînes, étaient ma-
nœuvrées, selon les occasions, par le grand cabestan de poupe et le petit cabestan de proue. A
cette époque, le guindoir à pompe n'avait pas
encore remplacé l'effort intermittent de la barre
d'anspec. N'ayant que deux ancres d'affourche,
l'une à tribord, l'autre à bâbord, le navire ne
pouvait affourcher en patte d'oie, ce qui le désarmait un peu devant certains vents. Pourtant il
pouvait en ce cas s'aider de la seconde ancre. Les
bouées étaient normales, et construites de manière
à porter le poids de l'orin des ancres, tout en
restant à flot. La chaloupe avait la dimension
utile. C'était le véritable en cas du bâtiment; elle
était assez forte pour lever la maîtresse ancre.
Une nouveauté de ce navire, c'est qu'il était en
partie gréé avec des chaînes, ce qui du reste n'ôtait
rien de leur mobilité aux manœuvres courantes et
de leur tension aux manœuvres dormantes. La
mâture, quoique secondaire, n'avait aucune incor-
rection; le capelage, bien serré, bien dégagé,
paraissait peu. Les membrures étaient solides,
mais grossières, la vapeur n'exigeant point la

même délicatesse de bois que la voile. Ce navire
marchait avec une vitesse de deux lieues à l'heure.
En panne il faisait bien son abattée. Telle qu'elle
était, « la Galiote à Lethierry » tenait bien la mer,
mais elle manquait de pointe pour diviser le
liquide, et l'on ne pouvait dire qu'elle eût de belles
façons. On sentait que dans un danger, écueil ou
trombe, elle serait peu maniable. Elle avait le
craquement d'une chose informe. Elle faisait, en
roulant sur la vague, un bruit de semelle neuve.

Ce navire était surtout un récipient, et, comme
tout bâtiment plutôt armé en marchandise qu'en
guerre, il était exclusivement disposé pour l'arrimage. Il admettait peu de passagers. Le transport
du bétail rendait l'arrimage difficile et très-parti-
culier On arrimait alors les bœufs dans la cale,
ce qui était une complication. Aujourd'hui on les
arrime sur l'avant-pont. Les tambours du Devil-
Boat Lethierry étaient peints en blanc, la coque,
jusqu'à la ligne de flottaison, en couleur de feu, et
tout le reste du navire, selon la mode assez laide
de ce siècle, en noir.

Vide, il calait sept pieds, et chargé, quatorze.

Quant à la machine, elle était puissante. La

force était d'un cheval pour trois tonneaux, ce qui
est presque une force de remorqueur. Les roues
étaient bien placées, un peu en avant du centre de
gravité du navire. La machine avait une pression
maximum de deux atmosphères. Elle usait beaucoup de charbon, quoiqu'elle fût à condensation et
à détente. Elle n'avait pas de volant à cause de
l'instabilité du point d'appui, et elle y remédiait,
comme on le fait encore aujourd'hui, par un double
appareil faisant alterner deux manivelles fixées
aux extrémités de l'arbre de rotation et disposées
de manière que l'une fût toujours à son point
fort quand l'autre était à son point mort. Toute la
machine reposait sur une seule plaque de fonte ; de
sorte que, même dans un cas de grave avarie,
aucun coup de mer ne lui ôtait l'équilibre et que la
coque déformée ne pouvait déformer la machine.
Pour rendre la machine plus solide encore, on
avait placé la bielle principale près du cylindre,
ce qui transportait du milieu à l'extrémité le centre
d'oscillation du balancier. Depuis on a inventé les
cylindres oscillants qui permettent de supprimer
les bielles ; mais, à cette époque, la bielle près du
cylindre semblait le dernier mot de la machinerie.

La chaudière était coupée de cloisons et pourvue
de sa pompe de saumure. Les roues étaient très-
grandes, ce qui diminuait la perte de force, et la
cheminée était très-haute, ce qui augmentait le
tirage du foyer ; mais la grandeur des roues donnait prise au flot et la hauteur de la cheminée donnait prise au vent. Aubes de bois, crochets de fer,
moyeux de fonte, telles étaient les roues, bien
construites et, chose qui étonne, pouvant se dé-
monter. Il y avait toujours trois aubes immergées.
La vitesse du centre des aubes ne surpassait que
d'un sixième la vitesse du navire ; c'était là le défaut de ces roues. En outre, le manneton des
manivelles était trop long, et le tiroir distribuait la
vapeur dans le cylindre avec trop de frottement.
Dans ce temps-là, cette machine semblait et était
admirable.

Cette machine avait été forgée en France à
l'usine de fer de Bercy. Mess Lethierry l'avait un
peu imaginée ; le mécanicien qui l'avait construite
sur son épure était mort ; de sorte que cette machine était unique, et impossible à remplacer. Le
dessinateur restait, mais le constructeur manquait.

La machine avait coûté quarante mille francs.

Lethierry avait construit lui-même la Galiote
sous la grande cale couverte qui est à côté de la
première tour entre Saint-Pierre-Port et Saint-
Sampson. Il avait été à Brême acheter le bois. Il
avait épuisé dans cette construction tout son savoir-
faire de charpentier de marine, et l'on reconnaissait son talent au bordage dont les coutures étaient
étroites et égales, et recouvertes de sarangousti,
mastic de l'Inde meilleur que le brai. Le doublage
était bien mailleté. Lethierry avait enduit la carène
de gallegalle. Il avait, pour remédier à la rondeur
de la coque, ajusté un boute-hors au beaupré, ce
qui lui permettait d'ajouter à la civadière une fausse
civadière. Le jour du lancement, il avait dit : me
voilà à flot! La Galiote réussit en effet, on l'a vu.

Par hasard ou exprès, elle avait été lancée un
14 juillet. Ce jour-là, Lethierry, debout sur le
pont entre les deux tambours, regarda fixement la
mer et lui cria : — C'est ton tour! les parisiens
ont pris la Bastille; maintenant nous te prenons,
toi !

La Galiote à Lethierry faisait une fois par
semaine le voyage de Guernesey à Saint-Malo.
Elle partait le mardi matin et revenait le vendredi

soir, veille du marché qui est le samedi. Elle était
d'un plus fort échantillon de bois que les plus
grands sloops caboteurs de tout l'archipel, et, sa
capacité étant en raison de sa dimension, un seul
de ses voyages valait, pour l'apport et pour le ren-
dement, quatre voyages d'un coutre ordinaire. De
là de forts bénéfices. La réputation d'un navire
dépend de son arrimage, et Lethierry était un
arrimeur. Quand il ne put plus travailler en mer
lui-même, il dressa un matelot pour le remplacer
comme arrimeur. Au bout de deux années, le
bateau à vapeur rapportait net sept cent cinquante
livres sterling par an, c'est à dire dix-huit mille
francs. La livre sterling de Guernesey vaut vingt-
quatre francs, celle d'Angleterre vingt-cinq et
celle de Jersey vingt-six. Ces chinoiseries sont
moins chinoises qu'elles n'en ont l'air; les banques
y trouvent leur compte.

VI

ENTRÉE DE LETHIERRY DANS LA GLOIRE

« La Galiote » prospérait. Mess Lethierry voyait
s'approcher le moment où il deviendrait monsieur.
A Guernesey on n'est pas de plain-pied monsieur.
Entre l'homme et le monsieur il y a toute une
échelle à gravir ; d'abord, premier échelon, le
nom tout sec, Pierre, je suppose ; puis, deuxième
échelon, vésin (voisin) Pierre ; puis, troisième échelon, père Pierre ; puis, quatrième échelon, sieur

Pierre ; puis, cinquième échelon, mess Pierre ; puis, sommet, monsieur Pierre.

Cette échelle, qui sort de terre, se continue dans le bleu. Toute la hiérarchique Angleterre y entre et s'y étage. En voici les échelons, de plus en plus lumineux : au-dessus du monsieur (*gentleman*), il y a l'esq. (écuyer), au-dessus de l'esq., le chevalier (*sir* viager), puis, en s'élevant toujours, le baronet (*sir* héréditaire), puis le lord, *laird* en Écosse, puis le baron, puis le vicomte, puis le comte (*carl* en Angleterre, *jarl* en Norvége), puis le marquis, puis le duc, puis le pair d'Angleterre, puis le prince du sang royal, puis le roi. Cette échelle monte du peuple à la bourgeoisie, de la bourgeoisie au baronetage, du baronetage à la pairie, de la pairie à la royauté.

Grâce à son coup de tête réussi, grâce à la vapeur, grâce à sa machine, grâce au Bateau-Diable, mess Lethierry était devenu quelqu'un. Pour construire « la Galiote », il avait dû emprunter ; il s'était endetté à Brême, il s'était endetté à Saint-Malo ; mais chaque année il amortissait son passif.

Il avait de plus acheté à crédit, à l'entrée même

du port de Saint-Sampson, une jolie maison de
pierre, toute neuve, entre mer et jardin, sur l'en-
coignure de laquelle on lisait ce nom : *les Bravées*.
Le logis les Bravées, dont la devanture faisait
partie de la muraille même du port, était remarquable par une double rangée de fenêtres, au
nord du côté d'un enclos plein de fleurs, au sud
du côté de l'océan; de sorte que cette maison avait
deux façades, l'une sur les tempêtes, l'autre sur
les roses.

Ces façades semblaient faites pour les deux
habitants, mess Lethierry et miss Déruchette.

La maison des Bravées était populaire à Saint-
Sampson. Car mess Lethierry avait fini par être
populaire. Cette popularité lui venait un peu de
sa bonté, de son dévouement et de son courage, un
peu de la quantité d'hommes qu'il avait sauvés,
beaucoup de son succès, et aussi de ce qu'il avait
donné au port de Saint-Sampson le privilége des
départs et des arrivées du bateau à vapeur. Voyant
que décidément le Devil-Boat était une bonne
affaire, Saint-Pierre, la capitale, l'avait réclamé
pour son port, mais Lethierry avait tenu bon pour
Saint-Sampson. C'était sa ville natale. — C'est là

que j'ai été lancé à la mer, disait-il. — De là une
vive popularité locale. Sa qualité de propriétaire
payant taxe faisait de lui ce qu'on appelle à Guernesey un *unhabitant*. On l'avait nommé douzenier.
Ce pauvre matelot avait franchi cinq échelons sur
six de l'ordre social guernesiais ; il était mess ; il
touchait au monsieur, et qui sait s'il n'arriverait pas
même à franchir le monsieur ? Qui sait si un jour
on ne lirait pas dans l'almanach de Guernesey au
chapitre *Gentry and Nobility* cette inscription
inouïe et superbe : *Lethierry, esq.*?

Mais mess Lethierry dédaignait ou plutôt ignorait le côté par lequel les choses sont vanité. Il se
sentait utile, c'était là sa joie. Être populaire le
touchait moins qu'être nécessaire. Il n'avait, nous
l'avons dit, que deux amours, et par conséquent,
que deux ambitions : Durande et Déruchette.

Quoi qu'il en fût, il avait mis à la loterie de la
mer, et il y avait gagné le quine.

Le quine, c'était la Durande naviguant.

VII

LE MÊME PARRAIN ET LA MÊME PATRONNE

Après avoir créé ce bateau à vapeur, Lethierry l'avait baptisé. Il l'avait nommé *Durande*. La Durande, — nous ne l'appellerons plus autrement. On nous permettra également, quel que soit l'usage typographique, de ne point souligner ce nom *Durande*, nous conformant en cela à la pensée de mess Lethierry pour qui la Durande était presque une personne.

Durande et Déruchette, c'est le même nom. Déruchette est le diminutif. Ce diminutif est fort usité dans l'ouest de la France.

Les saints dans les campagnes portent souvent leur nom avec tous ses diminutifs et tous ses augmentatifs. On croirait à plusieurs personnes là où il n'y en a qu'une. Ces identités de patrons et de patronnes sous des noms différents ne sont point choses rares. Lise, Lisette, Lisa, Élisa, Isabelle, Lisbeth, Betsy, cette multitude est Élisabeth. Il est probable que Mahout, Maclou, Malo et Magloire sont le même saint. Du reste, nous n'y tenons pas.

Sainte Durande est une sainte de l'Angoumois et de la Charente. Est-elle correcte? Ceci regarde les bollandistes. Correcte ou non, elle a des chapelles.

Lethierry, étant à Rochefort, jeune matelot, avait fait connaissance avec cette sainte, probablement dans la personne de quelque jolie charentaise, peut-être de la grisette aux beaux ongles. Il lui en était resté assez de souvenir pour qu'il donnât ce nom aux deux choses qu'il aimait : Durande à la galiote, Déruchette à la fille.

Il était le père de l'une et l'oncle de l'autre.

Déruchette était la fille d'un frère qu'il avait eu. Elle n'avait plus ni père ni mère. Il l'avait adoptée. Il remplaçait le père et la mère.

Déruchette n'était pas seulement sa nièce. Elle était sa filleule. C'était lui qui l'avait tenue sur les fonts de baptême. C'était lui qui lui avait trouvé cette patronne : sainte Durande, et ce prénom : Déruchette.

Déruchette, nous l'avons dit, était née à Saint-Pierre-Port. Elle était inscrite à sa date sur le registre de paroisse.

Tant que la nièce fut enfant et tant que l'oncle fut pauvre, personne ne prit garde à cette appellation : *Déruchette;* mais quand la petite fille devint une miss et quand le matelot devint un gentleman, *Déruchette* choqua. On s'en étonnait. On demandait à mess Lethierry : Pourquoi Déruchette? Il répondait : C'est un nom qui est comme ça. On essaya plusieurs fois de la débaptiser. Il ne s'y prêta point. Un jour une belle dame de la high life de Saint-Sampson, femme d'un forgeron riche ne travaillant plus, dit à mess Lethierry : Désormais j'appellerai votre fille *Nancy.* — Pourquoi pas Lonsle-Saulnier? dit-il. La belle dame ne lâcha point prise, et lui dit le lendemain : Nous ne voulons décidément pas de Déruchette. J'ai trouvé pour votre fille un joli nom : *Marianne*. — Joli nom en effet, repartit mess Lethierry, mais composé de deux vilaines bêtes, un mari et un âne. Il maintint Déruchette.

On se tromperait si l'on concluait du mot ci-dessus qu'il ne voulait point marier sa nièce. Il voulait la marier, certes, mais à sa façon. Il entendait qu'elle eût un mari dans son genre à lui, travaillant beaucoup, et qu'elle ne fît pas grand'chose. Il aimait les mains noires de l'homme et les mains blanches de la femme. Pour que Déruchette ne gâtât point ses jolies mains, il l'avait tournée vers la demoiselle. Il lui avait donné un maître de musique, un piano, une petite bibliothèque, et aussi un peu de fil et d'aiguilles dans une corbeille de travail. Elle était plutôt liseuse que couseuse, et plutôt musicienne que liseuse. Mess Lethierry la voulait ainsi. Le charme, c'était tout ce qu'il lui demandait. Il l'avait élevée plutôt à être fleur qu'à être femme. Quiconque a étudié les marins comprendra ceci. Les rudesses aiment les délicatesses.

Pour que la nièce réalisât l'idéal de l'oncle, il fallait qu'elle fût riche. C'est bien ce qu'entendait mess Lethierry. Sa grosse machine de mer travaillait dans ce but. Il avait chargé Durande de doter Déruchette.

VIII

L'AIR *BONNY DUNDEE*

Déruchette habitait la plus jolie chambre des
Bravées, à deux fenêtres, meublée en acajou ron-
ceux, ornée d'un lit à rideaux quadrillés vert et
blanc, et ayant vue sur le jardin et sur la haute
colline où est le château du Valle. C'est de l'autre
côté de cette colline qu'était le Bû de la Rue.

Déruchette avait dans cette chambre sa musique
et son piano. Elle s'accompagnait de ce piano en

chantant l'air qu'elle préférait, la mélancolique mélodie écossaise *Bonny Dundee;* tout le soir est dans cet air, toute l'aurore était dans sa voix; cela faisait un contraste doucement surprenant; on disait : miss Déruchette est à son piano; et les passants du bas de la colline s'arrêtaient quelquefois devant le mur du jardin des Bravées pour écouter ce chant si frais et cette chanson si triste.

Déruchette était de l'allégresse allant et venant dans la maison. Elle y faisait un printemps perpétuel. Elle était belle, mais plus jolie que belle, et plus gentille que jolie. Elle rappelait aux bons vieux pilotes amis de mess Lethierry cette princesse d'une chanson de soldats et de matelots qui était si belle « qu'elle passait pour telle dans le régiment ». Mess Lethierry disait : Elle a un câble de cheveux.

Dès l'enfance, elle avait été ravissante. On avait craint longtemps son nez, mais la petite, probablement déterminée à être jolie, avait tenu bon; la croissance ne lui avait fait aucun mauvais tour; son nez ne s'était ni trop allongé, ni trop raccourci; et en devenant grande, elle était restée charmante.

Elle n'appelait jamais son oncle autrement que
« mon père ».

Il lui tolérait quelques talents de jardinière, et
même de ménagère. Elle arrosait elle-même ses
plates-bandes de roses trémières, de molènes pour-
pres, de phlox vivaces et de benoîtes écarlates;
elle cultivait le crépis rose et l'oxalide rose; elle
tirait parti du climat de cette île de Guernesey, si
hospitalière aux fleurs. Elle avait, comme tout le
monde, des aloès en pleine terre, et, ce qui est
plus difficile, elle faisait réussir la potentille du
Népaul. Son petit potager était savamment ordonné;
elle y faisait succéder les épinards aux radis et les
pois aux épinards; elle savait semer des choux-
fleurs de Hollande et des choux de Bruxelles qu'elle
repiquait en juillet, des navets pour août, de la
chicorée frisée pour septembre, des panais ronds
pour l'automme et de la raiponce pour l'hiver. Mess
Lethierry la laissait faire, pourvu qu'elle ne ma-
niât pas trop la bêche et le râteau et surtout qu'elle
ne mît pas l'engrais elle-même. Il lui avait donné
deux servantes, nommée l'une Grâce et l'autre
Douce, qui sont deux noms de Guernesey. Grâce et
Douce faisaient le service de la maison et du jardin,

et elles avaient le droit d'avoir les mains rouges.

Quant à mess Lethierry, il avait pour chambre un petit réduit donnant sur le port, et attenant à la grande salle basse du rez-de-chaussée où était la porte d'entrée et où venaient aboutir les divers escaliers de la maison. Sa chambre était meublée de son branle, de son chronomètre et de sa pipe. Il y avait aussi une table et une chaise. Le plafond, à poutres, avait été blanchi au lait de chaux, ainsi que les quatre murs; à droite de la porte était cloué l'archipel de la Manche, belle carte marine portant cette mention : *W. Faden, 5, Charing Cross. Geographer to His Majesty;* et à gauche d'autres clous étalaient sur la muraille un de ces gros mouchoirs de coton où sont figurés en couleur les signaux de toute la marine du globe, ayant aux quatre coins les étendards de France, de Russie, d'Espagne et des États-Unis d'Amérique, et au centre l'Union-Jack d'Angleterre.

Douce et Grâce étaient deux créatures quelconques, du bon côté du mot. Douce n'était pas méchante et Grâce n'était pas laide. Ces noms dangereux n'avaient pas mal tourné. Douce, non mariée, avait un « galant ». Dans les îles de la

Manche le mot est usité; la chose aussi. Ces deux
filles avaient ce qu'on pourrait appeler le service
créole, une sorte de lenteur propre à la domesti-
cité normande dans l'archipel. Grâce, coquette et
jolie, considérait sans cesse l'horizon avec une inquiétude de chat. Cela tenait à ce qu'ayant, comme
Douce, un galant, elle avait, de plus, disait-on, un
mari matelot, dont elle craignait le retour. Mais
cela ne nous regarde pas. La nuance entre Grâce
et Douce, c'est que, dans une maison moins aus-
tère et moins innocente, Douce fût restée la servante
et Grâce fût devenue la soubrette. Les talents possibles de Grâce se perdaient avec une fille candide
comme Déruchette. Du reste, les amours de Douce
et de Grâce étaient latents. Rien n'en revenait à
mess Lethierry, et rien n'en rejaillissait sur Déruchette.

La salle basse du rez-de-chaussée, halle à cheminée entourée de bancs et de tables, avait, au
siècle dernier, servi de lieu d'assemblée à un con-
venticule de réfugiés français protestants. Le mur
de pierre nue avait pour tout luxe un cadre de
bois noir où s'étalait une pancarte de parchemin
ornée des prouesses de Bénigne Bossuet, évêque

de Meaux. Quelques pauvres diocésains de cet
aigle, persécutés par lui lors de la révocation de
l'édit de Nantes, et abrités à Guernesey, avaient
accroché ce cadre à ce mur pour porter témoi-
gnage. On y lisait, si l'on parvenait à déchiffrer
une écriture lourde et une encre jaunie, les faits
peu connus que voici : — « Le 29 octobre 1685,
« démolition des temples de Morcef et de Nan-
« teuil, demandée au Roy par M. l'évêque de
« Meaux. » — « Le 2 avril 1686, arrestation de
« Cochard père et fils pour religion à la prière de
« M. l'évêque de Meaux. Relâchés ; les Cochard
« ayant abjuré. » — « Le 28 octobre 1699,
« M. l'évêque de Meaux envoie à M. de Pohtchar-
« train un mémoire remontrant qu'il serait néces-
« saire de mettre les demoiselles de Chalandes et
« de Neuville, qui sont de la religion réformée,
« dans la maison des Nouvelles-Catholiques de
« Paris. » — « Le 7 juillet 1703, est exécuté
« l'ordre demandé au Roy par M. l'évêque de
« Meaux de faire enfermer à l'hôpital le nommé
« Baudoin et sa femme, *mauvais catholiques* de
« Fublaines. »

Au fond de la salle, près de la porte de la

chambre de mess Lethierry, un petit retranche-
ment en planches qui avait été la chaire huguenote était devenu, grâce à un grillage avec cha-
tière, « l'office » du bateau à vapeur, c'est-à-dire
le bureau de la Durande, tenu par mess Lethierry
en personne. Sur le vieux pupitre de chêne, un
registre aux pages cotées Doit et Avoir remplaçait la Bible.

IX

L'HOMME QUI AVAIT DEVINÉ RANTAINE

Tant que mess Lethierry avait pu naviguer, il
avait conduit la Durande, et il n'avait pas eu d'autre
pilote et d'autre capitaine que lui-même, mais il
était venu une heure, nous l'avons dit, où mess
Lethierry avait dû se faire remplacer. Il avait
choisi pour cela sieur Clubin, de Torteval, homme
silencieux. Sieur Clubin avait sur toute la côte un

renom de probité sévère. C'était l'alter ego et le
vicaire de mess Lethierry.

Sieur Clubin, quoiqu'il eût plutôt l'air d'un no-
taire que d'un matelot, était un marin capable et
rare. Il avait tous les talents que veut le risque
perpétuellement transformé. Il était arrimeur ha-
bile, gabier méticuleux, bosseman soigneux et
connaisseur, timonier robuste, pilote savant, et
hardi capitaine. Il était prudent, et il poussait quelquefois la prudence jusqu'à oser, ce qui est une
grande qualité à la mer. Il avait la crainte du
probable tempérée par l'instinct du possible. C'était
un de ces marins qui affrontent le danger dans
une proportion à eux connue et qui de toute aventure savent dégager le succès. Toute la certitude
que la mer peut laisser à un homme, il l'avait.
Sieur Clubin, en outre, était un nageur renommé;
il était de cette race d'hommes rompus à la gym-
nastique de la vague, qui restent tant qu'on veut
dans l'eau, qui, à Jersey, partent du Havre-des-
Pas, doublent la Colette, font le tour de l'Ermi-
tage et du château Élisabeth, et reviennent au
bout de deux heures à leur point de départ. Il était
de Torteval, et il passait pour avoir souvent fait à

la nage le trajet redouté des Hanois à la pointe
de Plainmont.

Une des choses qui avaient le plus recommandé
sieur Clubin à mess Lethierry, c'est que, connais-
sant ou pénétrant Rantaine, il avait signalé à
mess Lethierry l'improbité de cet homme, et lui
avait dit : — *Rantaine vous volera.* Ce qui s'était
vérifié. Plus d'une fois, pour des objets, il est vrai,
peu importants, mess Lethierry avait mis à l'é-
preuve l'honnêteté, poussée jusqu'au scrupule, de
sieur Clubin, et il se reposait de ses affaires sur
lui. Mess Lethierry disait : Toute conscience veut
toute confiance.

X

LES RÉCITS DE LONG COURS

Mess Lethierry, mal à l'aise autrement, portait toujours ses habits de bord, et plutôt sa vareuse de matelot que sa vareuse de pilote. Cela faisait plisser le petit nez de Déruchette. Rien n'est joli comme les grimaces de la grâce en colère. Elle grondait et riait. — *Bon père,* s'écriait-elle, *pouah !* *vous sentez le goudron.* Et elle lui donnait une petite tape sur sa grosse épaule.

Ce bon vieux héros de la mer avait rapporté de ses voyages des récits surprenants. Il avait vu à Madagascar des plumes d'oiseau dont trois suffisaient à faire le toit d'une maison. Il avait vu dans l'Inde des tiges d'oseille hautes de neuf pieds. Il avait vu dans la Nouvelle-Hollande des troupeaux de dindons et d'oies menés et gardés par un chien de berger qui est un oiseau, et qu'on appelle l'agami. Il avait vu des cimetières d'éléphants. Il avait vu en Afrique des gorilles, espèces d'hommes-tigres, de sept pieds de haut. Il connaissait les mœurs de tous les singes, depuis le macaque sauvage qu'il appelait *macaco bravo* jusqu'au macaque hurleur qu'il appelait *macaco barbado*. Au Chili, il avait vu une guenon attendrir les chasseurs en leur montrant son petit. Il avait vu en Californie un tronc d'arbre creux tombé à terre dans l'intérieur duquel un homme à cheval pouvait faire cent cinquante pas. Il avait vu au Maroc les mozabites et les biskris se battre à coups de matraks et de barres de fer, les biskris pour avoir été traités de *kelb*, qui veut dire chiens, et les mozabites pour avoir été traités de *khamsi*, qui veut dire gens de la cinquième secte. Il avait

vu en Chine couper en petits morceaux le pirate
Chanh-thong-quan-larh-Quol, pour avoir assas-
siné le Âp d'un village. A Thu-dan-mot, il avait
vu un lion enlever une vieille femme en plein
marché de la ville. Il avait assisté à l'arrivée du
grand serpent venant de Canton à Saïgon pour
célébrer dans la pagode de Cho-len la fête de
Quan-nam, déesse des navigateurs. Il avait con-
templé chez les Moï le grand Quan-Sû. A Rio-
Janeiro, il avait vu les dames brésiliennes se mettre
le soir dans les cheveux de petites bulles de gaze
contenant chacune une vagalumes, belle mouche
à phosphore, ce qui les coiffe d'étoiles. Il avait
combattu dans l'Uruguay les fourmilières et dans
le Paraguay les araignées d'oiseaux, velues, grosses
comme une tête d'enfant, couvrant de leurs pattes
un diamètre d'un tiers d'aune, et attaquant l'homme
auquel elles lancent leurs poils qui s'enfoncent
comme des flèches dans la chair et y soulèvent
des pustules. Sur le fleuve Arinos, affluent du To-
cantins, dans les forêts vierges au nord de Dia-
mantina, il avait constaté l'effrayant peuple chauve-
souris, les murcilagos, hommes qui naissent avec
les cheveux blancs et les yeux rouges, habitent le

sombre des bois, dorment le jour, s'éveillent la
nuit, et pêchent et chassent dans les ténèbres, le
voyant mieux quand il n'y a pas de lune. Près de
Beyrouth, dans un campement d'une expédition
dont il faisait partie, un pluviomètre ayant été
volé dans une tente, un sorcier habillé de deux ou
trois bandelettes de cuir et ressemblant à un
homme qui serait vêtu de ses bretelles, avait si
furieusement agité une sonnette au bout d'une
corne qu'une hyène était venue rapporter le pluviomètre. Cette hyène était la voleuse. Ces his-
toires vraies ressemblaient tant à des contes
qu'elles amusaient Déruchette.

La poupée de la Durande était le lien entre le
bateau et la fille. On nomme *poupée* dans les îles
normandes la figure taillée dans la proue, statue
de bois sculptée à peu près. De là, pour dire
naviguer, cette locution locale : *être entre poupe et
poupée.*

La poupée de la Durande était particulièrement
chère à mess Lethierry. Il l'avait commandée au
charpentier ressemblante à Déruchette. Elle ressemblait à coups de hache. C'était une bûche
faisant effort pour être une jolie fille.

Ce bloc légèrement difforme faisait illusion à mess Lethierry. Il le considérait avec une contemplation de croyant. Il était de bonne foi devant cette figure. Il y reconnaissait parfaitement Déruchette. C'est un peu comme cela que le dogme ressemble à la vérité, et l'idole à Dieu.

Mess Lethierry avait deux grandes joies par semaine; une joie le mardi et une joie le vendredi. Première joie, voir partir la Durande; deuxième joie, la voir revenir. Il s'accoudait à sa fenêtre, regardait son œuvre, et était heureux. Il y a quelque chose de cela dans la Genèse. *Et vidit quod esset bonum.*

Le vendredi, la présence de mess Lethierry à sa fenêtre valait un signal. Quand on voyait, à la croisée des Bravées, s'allumer sa pipe, on disait: Ah! le bateau à vapeur est à l'horizon. Une fumée annonçait l'autre.

La Durande en rentrant au port nouait son câble sous les fenêtres de mess Lethierry à un gros anneau de fer scellé dans le soubassement des Bravées. Ces nuits-là, Lethierry faisait un admirable somme dans son branle, sentant d'un côté Déruchette endormie et de l'autre Durande amarrée.

Le lieu d'amarrage de la Durande était voisin
de la cloche du port. Il y avait là, devant la porte
des Bravées, un petit bout de quai.

Ce quai, les Bravées, la maison , le jardin, les
ruettes bordées de haies, la plupart même des
habitations environnantes, n'existent plus aujour-
d'hui. L'exploitation du granit de Guernesey a
fait vendre ces terrains. Tout cet emplacement est
occupé, à l'heure où nous sommes, par des chan-
tiers de casseurs de pierres.

XI

COUP D'ŒIL SUR LES MARIS ÉVENTUELS

Déruchette grandissait, et ne se mariait pas.

Mess Lethierry, en en faisant une fille aux mains blanches, l'avait rendue difficile. Ces éducations-là se retournent plus tard contre vous.

Du reste, il était, quant à lui, plus difficile encore. Le mari qu'il imaginait pour Déruchette était aussi un peu un mari pour Durande. Il eût voulu pourvoir d'un coup ses deux filles. Il eût

voulu que le conducteur de l'une pût être aussi le
pilote de l'autre. Qu'est-ce qu'un mari? C'est le
capitaine d'une traversée. Pourquoi pas le même
patron à la fille et au bateau? Un ménage obéit aux
marées. Qui sait mener une barque sait mener une
femme. Ce sont les deux sujettes de la lune et du
vent. Sieur Clubin, n'ayant guère que quinze ans
de moins que mess Lethierry, ne pouvait être pour
Durande qu'un patron provisoire ; il fallait un pilote
jeune, un patron définitif, un vrai successeur du
fondateur, de l'inventeur, du créateur. Le pilote
définitif de Durande serait un peu le gendre de
mess Lethierry. Pourquoi ne pas fondre les deux
gendres dans un? Il caressait cette idée. Il voyait,
lui aussi, apparaître dans ses songes un fiancé. Un
puissant gabier basané et fauve, athlète de la mer,
voilà son idéal. Ce n'était pas tout à fait celui de
Déruchette. Elle faisait un rêve plus rose.

Quoi qu'il en fût, l'oncle et la nièce semblaient
être d'accord pour ne point se hâter. Quand on
avait vu Déruchette devenir une héritière probable,
les partis s'étaient présentés en foule. Ces empres-
sements-là ne sont pas toujours de bonne qualité.
Mess Lethierry le sentait. Il grommelait : fille

d'or, épouseur de cuivre. Et il éconduisait les pré-
tendants. Il attendait. Elle de même.

Chose singulière, il tenait peu à l'aristocratie.
De ce côté-là, mess Lethierry était un anglais
invraisemblable. On croira difficilement qu'il avait
été jusqu'à refuser pour Déruchette un Ganduel,
de Jersey, et un Bugnet-Nicolin, de Serk. On n'a
pas même craint d'affirmer, mais nous doutons que
cela soit possible, qu'il n'avait point accepté une
ouverture venant de l'aristocratie d'Aurigny, et
qu'il avait décliné les propositions d'un membre de
la famille Édou, laquelle évidemment descend
d'Édou-ard le Confesseur.

XII

EXCEPTION DANS LE CARACTÈRE DE LETHIERRY

Mess Lethierry avait un défaut; un gros. Il
haïssait, non quelqu'un, mais quelque chose, le
prêtre. Un jour, lisant, — car il lisait, — dans
Voltaire, — car il lisait Voltaire, — ces mots :
« les prêtres sont des chats », il posa le livre, et
on l'entendit grommeler à demi-voix : je me sens
chien.

Il faut se souvenir que les prêtres, les luthériens

et les calvinistes comme les catholiques, l'avaient,
dans sa création du Devil-Boat local, vivement
combattu et doucement persécuté. Être révolutionnaire en navigation, essayer d'ajuster un progrès
à l'archipel normand, faire essuyer à la pauvre
petite île de Guernesey les plâtres d'une invention
nouvelle, c'était là, nous ne l'avons point dissimulé,
une témérité damnable. Aussi l'avait-on un peu
damné. Nous parlons ici, qu'on ne l'oublie pas,
du clergé ancien, bien différent du clergé actuel,
qui, dans presque toutes les églises locales, a une
tendance libérale vers le progrès. On avait entravé
Lethierry de cent manières; toute la quantité d'obstacle qu'il peut y avoir dans les prêches et dans les
sermons lui avait été opposée. Détesté des hommes
d'église, il les détestait. Leur haine était la circonstance atténuante de la sienne.

Mais, disons-le, son aversion des prêtres était
idiosyncrasique. Il n'avait pas besoin pour les haïr
d'en être haï. Comme il le disait, il était le chien
de ces chats. Il était contre eux par l'idée, et, ce
qui est le plus irréductible, par l'instinct. Il sentait leurs griffes latentes, et il montrait les dents.
Un peu à tort et à travers, convenons-en, et pas

toujours à propos. Ne point distinguer est un tort.
Il n'y a pas de bonne haine en bloc. Le vicaire
savoyard n'eût point trouvé grâce devant lui. Il
n'est pas sûr que, pour mess Lethierry, il y eût un
bon prêtre. A force d'être philosophe, il perdait
un peu de sagesse. L'intolérance des tolérants
existe, de même que la rage des modérés. Mais
Lethierry était si débonnaire qu'il ne pouvait être
vraiment haineux. Il repoussait plutôt qu'il n'atta-
quait. Il tenait les gens d'église à distance. Ils lui
avaient fait du mal, il se bornait à ne pas leur
vouloir de bien. La nuance entre leur haine et la
sienne, c'est que la leur était animosité, et que la
sienne était antipathie.

Guernesey, toute petite île qu'elle est, a de la
place pour deux religions. Elle contient de la religion catholique et de la religion protestante. Ajoutons qu'elle ne met point les deux religions dans la
même église. Chaque culte a son temple ou sa chapelle. En Allemagne, à Heidelberg, par exemple,
on n'y fait pas tant de façons; on coupe l'église en
deux; une moitié à saint Pierre, une moitié à
Calvin; entre deux, une cloison pour prévenir les
gourmades; parts égales; les catholiques ont trois

autels, les huguenots ont trois autels; comme ce
sont les mêmes heures d'offices, la cloche unique
sonne à la fois pour les deux services. Elle appelle
en même temps à Dieu et au diable. Simpli-
fication.

Le flegme allemand s'accommode de ces voisi-
nages. Mais à Guernesey, chaque religion est chez
elle. Il y a la paroisse orthodoxe et il y a la
paroisse hérétique. On peut choisir. Ni l'une, ni
l'autre. Tel avait été le choix de mess Lethierry.

Ce matelot, cet ouvrier, ce philosophe, ce par-
venu du travail, très-simple en apparence, n'était
pas du tout simple au fond. Il avait ses contradic-
tions et ses opiniâtretés. Sur le prêtre, il était
inébranlable. Il eût rendu des points à Montlosier.

Il se permettait des railleries très-déplacées. Il
avait des mots à lui, bizarres, mais ayant un sens.
Aller à confesse, il appelait cela : « peigner sa
conscience ». Le peu de lettres qu'il avait, bien
peu, une certaine lecture glanée çà et là, entre
deux bourrasques, se compliquait de fautes d'orthographe. Il avait aussi des fautes de prononciation, pas toujours naïves. Quand la paix fut faite
par Waterloo entre la France de Louis XVIII et

l'Angleterre de Wellington, mess Lethierry dit : *Bourmont a été le traître d'union entre les deux camps.* Une fois il écrivit papauté, *pape ôté.* Nous ne pensons pas que ce fût exprès.

Cet antipapisme ne lui conciliait point les anglicans. Il n'était pas plus aimé des recteurs protestants que des curés catholiques. En présence des dogmes les plus graves, son irréligion éclatait presque sans retenue. Un hasard l'ayant conduit à un sermon sur l'enfer du révérend Jaquemin Hérode, sermon magnifique rempli d'un bout à l'autre de textes sacrés prouvant les peines éternelles, les supplices, les tourments, les damnations, les châtiments inexorables, les brûlements sans fin, les malédictions inextinguibles, les colères de la Toute-puissance, les fureurs célestes, les vengeances divines, choses incontestables, on l'entendit, en sortant avec un des fidèles, dire doucement : — Voyez-vous, moi, j'ai une drôle d'idée. Je m'imagine que Dieu est bon.

Ce levain d'athéisme lui venait de son séjour en France.

Quoique guernesiais, et assez pur sang, on l'appelait dans l'île « le français », à cause de son

esprit *improper*. Lui-même ne s'en cachait point,
il était imprégné d'idées subversives. Son acharnement de faire ce bateau à vapeur, ce Devil-Boat,
l'avait bien prouvé. Il disait : *J'ai été 89. Ce
n'est point là un bon lait.*

Du reste, des contre-sens, il en faisait. Il est
très-difficile de rester entier dans les petits pays.
En France, *garder les apparences*, en Angleterre,
être respectable, la vie tranquille est à ce prix.
Être respectable, cela implique une foule d'obser-
vances, depuis le dimanche bien sanctifié jusqu'à
la cravate bien mise. « Ne pas se faire montrer
au doigt », voilà encore une loi terrible. Être
montré au doigt, c'est le diminutif de l'anathème.
Les petites villes, marais de commères, excellent
dans cette malignité isolante, qui est la malédiction
vue par le petit bout de la lorgnette. Les plus
vaillants redoutent ce raca. On affronte la mitraille,
on affronte l'ouragan, on recule devant madame
Pimbêche. Mess Lethierry était plutôt tenace que
logique. Mais, sous cette pression, sa ténacité
même fléchissait. Il mettait, autre locution pleine
de concessions latentes, et parfois inavouables,
« de l'eau dans son vin ». Il se tenait à l'écart des

hommes du clergé, mais il ne leur fermait point résolûment sa porte. Aux occasions officielles et aux époques voulues des visites pastorales, il recevait d'une façon suffisante, soit le recteur luthérien, soit le chapelain papiste. Il lui arrivait, de loin en loin, d'accompagner à la paroisse anglicane Déruchette, laquelle elle-même, nous l'avons dit, n'y allait qu'aux quatre grandes fêtes de l'année.

Somme toute, ces compromis, qui lui coûtaient, l'irritaient, et, loin de l'incliner vers les gens d'église, augmentaient son escarpement intérieur. Il s'en dédommageait par plus de moquerie. Cet être sans amertume n'avait d'âcreté que de ce côté-là. Aucun moyen de l'amender là-dessus.

De fait et absolument, c'était là son tempérament, et il fallait en prendre son parti.

Tout clergé lui déplaisait. Il avait l'irrévérence révolutionnaire. D'une forme à l'autre du culte il distinguait peu. Il ne rendait même pas justice à ce grand progrès : ne point croire à la présence réelle. Sa myopie en ces choses allait jusqu'à ne point voir la nuance entre un ministre et un abbé. Il confondait un révérend docteur avec un révérend père. Il disait : *Wesley ne vaut pas mieux que*

Loyola. Quand il voyait passer un pasteur avec sa
femme, il se détournait. *Prêtre marié !* disait-il,
avec l'accent absurde que ces deux mots avaient
en France à cette époque. Il contait qu'à son dernier voyage en Angleterre, il avait vu « l'évêchesse
de Londres ». Ses révoltes sur ce genre d'unions
allaient jusqu'à la colère. — Une robe n'épouse
pas une robe ! s'écriait-il. — Le sacerdoce lui
faisait l'effet d'un sexe. Il eût volontiers dit : « ni
homme, ni femme ; prêtre. » Il appliquait avec
mauvais goût, au clergé anglican et au clergé
papiste, les mêmes épithètes dédaigneuses ; il
enveloppait les deux « soutanes » dans la même
phraséologie ; et il ne se donnait pas la peine de
varier, à propos des prêtres, quels qu'ils fussent,
catholiques ou luthériens, les métonymies solda-
tesques usitées dans ce temps-là. Il disait à Déruchette : *Marie-toi avec qui tu voudras, pourvu
que ce ne soit pas avec un calotin.*

XIII

L'INSOUCIANCE FAIT PARTIE DE LA GRACE

Une fois une parole dite, mess Lethierry s'en souvenait; une fois une parole dite, Déruchette l'oubliait. Là était la nuance entre l'oncle et la nièce.

Déruchette, élevée comme on l'a vu, s'était accoutumée à peu de responsabilité. Il y a, insistons-y' plus d'un péril latent dans une éducation pas assez prise au sérieux. Vouloir faire son enfant heureux trop tôt, c'est peut-être une imprudence.

Déruchette croyait que, pourvu qu'elle fût con-
tente, tout était bien. Elle sentait d'ailleurs son
oncle joyeux de la voir joyeuse. Elle avait à peu
près les idées de mess Lethierry. Sa religion se
satisfaisait d'aller à la paroisse quatre fois par an.
On l'a vue en toilette pour Noël. De la vie, elle
ignorait tout. Elle avait tout ce qu'il faut pour être
un jour folle d'amour. En attendant, elle était
gaie.

Elle chantait au hasard, jasait au hasard, vivait
devant elle, jetait un mot et passait, faisait une
chose et fuyait, était charmante. Joignez à cela la
liberté anglaise. En Angleterre les enfants vont
seuls, les filles sont leurs maîtresses, l'adolescence
a la bride sur le cou. Telles sont les mœurs. Plus
tard ces filles libres font des femmes esclaves. Nous
prenons ici ces deux mots en bonne part : libres
dans la croissance, esclaves dans le devoir.

Déruchette s'éveillait chaque matin avec l'incon-
science de ses actions de la veille. Vous l'eussiez
bien embarrassée en lui demandant ce qu'elle avait
fait la semaine passée. Ce qui ne l'empêchait pas
d'avoir, à de certaines heures troubles, un malaise

mystérieux, et de sentir on ne sait quel passage
du sombre de la vie sur son épanouissement et sur
sa joie. Ces azurs-là ont ces nuages-là. Mais ces
nuages s'en allaient vite. Elle en sortait par un
éclat de rire, ne sachant pourquoi elle avait été
triste ni pourquoi elle était sereine. Elle jouait avec
tout. Son espièglerie becquetait les passants. Elle
faisait des malices aux garçons. Si elle eût rencontré le diable, elle n'en eût pas eu pitié, elle lui
eût fait une niche. Elle était jolie, et en même
temps si innocente, qu'elle en abusait. Elle donnait
un sourire comme un jeune chat donne un coup
de griffe. Tant pis pour l'égratigné. Elle n'y songeait plus. Hier n'existait pas pour elle ; elle vivait dans la plénitude d'aujourd'hui. Voilà ce que
c'est que trop le bonheur. Chez Déruchette le souvenir s'évanouissait comme la neige fond.

LIVRE QUATRIÈME

LE BUG-PIPE

I

PREMIÈRES ROUGEURS D'UNE AURORE, OU D'UN INCENDIE

Gilliatt n'avait jamais parlé à Déruchette. Il la connaissait pour l'avoir vue de loin, comme on connaît l'étoile du matin.

A l'époque où Déruchette avait rencontré Gilliatt dans le chemin de Saint-Pierre-Port au Valle et lui avait fait la surprise d'écrire son nom sur la neige, elle avait seize ans. La veille précisément,

mess Lethierry lui avait dit : Ne fais plus d'enfan-
tillages. Te voilà grande fille.

Ce nom, *Gilliatt,* écrit par cette enfant, était
tombé dans une profondeur inconnue.

Qu'était-ce que les femmes pour Gilliatt? lui-
même n'aurait pu le dire. Quand il en rencontrait
une, il lui faisait peur, et il en avait peur. Il ne
parlait à une femme qu'à la dernière extrémité. Il
n'avait jamais été « le galant » d'aucune campa-
gnarde. Quand il était seul dans un chemin et qu'il
voyait une femme venir vers lui, il enjambait une
clôture de courtil ou se fourrait dans une brous-
saille et s'en allait. Il évitait même les vieilles. Il
avait vu dans sa vie une parisienne. Une parisienne
de passage, étrange événement pour Guernesey à
cette époque lointaine. Et Gilliatt avait entendu cette
parisienne raconter en ces termes ses malheurs :
« Je suis très-ennuyée, je viens de recevoir des
« gouttes de pluie sur mon chapeau, il est abricot,
« et c'est une couleur qui ne pardonne pas. »
Ayant trouvé plus tard, entre les feuillets d'un
livre, une ancienne gravure de modes représen-
tant « une dame de la chaussée d'Antin » en grande
toilette, il l'avait collée à son mur, en souvenir de

cette apparition. Les soirs d'été, il se cachait derrière les rochers de la crique Houmet-Paradis pour
voir les paysannes se baigner en chemise dans la
mer. Un jour, à travers une haie, il avait regardé
la sorcière de Torteval remettre sa jarretière. Il
était probablement vierge.

Ce matin de Noël où il rencontra Déruchette et
où elle écrivit son nom en riant, il rentra chez lui
ne sachant plus pourquoi il était sorti. La nuit venue, il ne dormit pas. Il songea à mille choses ;
— qu'il ferait bien de cultiver des radis noirs dans
son jardin ; que l'exposition était bonne ; — qu'il
n'avait pas vu passer le bateau de Serk ; était-il
arrivé quelque chose à ce bateau ? — qu'il avait
vu des trique-madame en fleur, chose rare pour
la saison. Il n'avait jamais su au juste ce que lui
était la vieille femme qui était morte, il se dit que
décidément elle devait être sa mère, et il pensa à
elle avec un redoublement de tendresse. Il pensa
au trousseau de femme qui était dans la malle de
cuir. Il pensa que le révérend Jaquemin Hérode
serait probablement un jour ou l'autre nommé
doyen de Saint-Pierre-Port subrogé de l'évêque,
et que le rectorat de Saint-Sampson deviendrait

vacant. Il pensa que le lendemain de Noël on serait
au vingt-septième jour de la lune, et que par conséquent la haute mer serait à trois heures vingt-
une minutes, la demi-retirée à sept heures quinze,
la basse mer à neuf heures trente-trois, et la demi-
montée à douze heures trente-neuf. Il se rappela
dans les moindres détails le costume du highlander
qui lui avait vendu le bug-pipe, son bonnet orné
d'un chardon, sa claymore, son habit serré aux
pans courts et carrés, son jupon, le scilt or phila-
berg, orné de la bourse sporran et du smushing-
mull, tabatière de corne, son épingle faite d'une
pierre écossaise, ses deux ceintures, la sashwise
et le belts, son épée, le swond, son coutelas, le
dirck, et le skene dhu, couteau noir à poignée noire
ornée de deux cairgorums, et les genoux nus de ce
soldat, ses bas, ses guêtres quadrillées et ses souliers à boucles. Cet équipement devint un spectre,
le poursuivit, lui donna la fièvre et l'assoupit. Il
se réveilla au grand jour, et sa première pensée fut
Déruchette.

Le lendemain il dormit, mais il revit toute la nuit
le soldat écossais. Il se dit à travers son sommeil
que les Chefs-Plaids d'après Noël seraient tenus

le 21 janvier. Il rêva aussi du vieux recteur Jaquemin Hérode. En se réveillant il songea à Déruchette, et il eut contre elle une violente colère ; il
regretta de ne plus être petit, parce qu'il irait
jeter des pierres dans ses carreaux.

Puis il pensa que, s'il était petit, il aurait sa
mère, et il se mit à pleurer.

Il forma le projet d'aller passer trois mois à
Chousey ou aux Minquiers. Pourtant il ne partit
pas.

Il ne remit plus les pieds dans la route de Saint-
Pierre-Port au Valle.

Il se figurait que son nom, *Gilliatt*, était resté
là gravé sur la terre et que tous les passants devaient le regarder.

II

ENTRÉE, PAS A PAS, DANS L'INCONNU

En revanche, il voyait tous les jours les Bravées.
Il ne le faisait pas exprès, mais il allait de ce côté-
là. Il se trouvait que son chemin était toujours de
passer par le sentier qui longeait le mur du jardin
de Déruchette.

Un matin, comme il était dans ce sentier, une
femme du marché qui revenait des Bravées dit à
une autre : *Miss Lethierry aime les scakales.*

Il fit dans son jardin du Bû de la Rue une fosse à scakales. Le scakale est un chou qui a le goût de l'asperge.

Le mur du jardin des Bravées était très-bas; on pouvait l'enjamber. L'idée de l'enjamber lui eût paru épouvantable. Mais il n'était pas défendu d'entendre en passant, comme tout le monde, les voix des personnes qui parlaient dans les chambres ou dans le jardin. Il n'écoutait pas, mais il entendait. Une fois, il entendit les deux servantes, Douce et Grâce, se quereller. C'était un bruit dans la maison. Cette querelle lui resta dans l'oreille comme une musique.

Une autre fois, il distingua une voix qui n'était pas comme celle des autres et qui lui sembla devoir être la voix de Déruchette. Il prit la fuite.

Les paroles que cette voix avait prononcées demeurèrent à jamais gravées dans sa pensée. Il se les redisait à chaque instant. Ces paroles étaient : *Vous plairait-il me bailler le genêt* * ?

Par degrés il s'enhardit. Il osa s'arrêter. Il arriva une fois que Déruchette, impossible à aperce-

* Me donner le balai.

voir du dehors, quoique sa fenêtre fût ouverte,
était à son piano, et chantait. Elle chantait son
air *Bonny Dundee*. Il devint très-pâle, mais il
poussa la fermeté jusqu'à écouter.

Le printemps arriva. Un jour, Gilliatt eut une
vision; le ciel s'ouvrit. Gilliatt vit Déruchette arro-
ser des laitues.

Bientôt, il fit plus que s'arrêter. Il observa
ses habitudes, il remarqua ses heures, et il l'attendit.

Il avait bien soin de ne pas se montrer.

Peu à peu, en même temps que les massifs se
remplissaient de papillons et de roses, immobile
et muet des heures entières, caché derrière ce mur,
vu de personne, retenant son haleine, il s'habitua
à voir Déruchette aller et venir dans le jardin. On
s'accoutume au poison.

De la cachette où il était, il entendait souvent
Déruchette causer avec mess Lethierry sous une
épaisse tonnelle de charmille où il y avait un banc.
Les paroles venaient distinctement jusqu'à lui.

Que de chemin il avait fait! Maintenant il en
était venu à guetter et à prêter l'oreille. Hélas! le
cœur humain est un vieil espion.

Il y avait un autre banc, visible et tout proche, au bord d'une allée. Déruchette s'y asseyait quelquefois.

D'après les fleurs qu'il voyait Déruchette cueillir et respirer, il avait deviné ses goûts en fait de parfums. Le liseron était l'odeur qu'elle préférait, puis l'œillet, puis le chèvrefeuille, puis le jasmin. La rose n'était que la cinquième. Elle regardait le lys ; mais elle ne le respirait pas.

D'après ce choix de parfums, Gilliatt la composait dans sa pensée. A chaque odeur il rattachait une perfection.

La seule idée d'adresser la parole à Déruchette lui faisait dresser les cheveux.

Une bonne vieille chineuse que son industrie ambulante ramenait de temps en temps dans la ruelle longeant l'enclos des Bravées, en vint à remarquer confusément les assiduités de Gilliatt pour cette muraille et sa dévotion à ce lieu désert. Rattacha-t-elle la présence de cet homme devant ce mur à la possibilité d'une femme derrière ce mur ? Aperçut-elle ce vague fil invisible ? Était-elle, en sa décrépitude mendiante, restée assez jeune pour se rappeler quelque chose des belles années, et

savait-elle encore, dans son hiver et dans sa nuit,
ce que c'est que l'aube? Nous l'ignorons, mais il
paraît qu'une fois, en passant près de Gilliatt
« faisant sa faction », elle dirigea de son côté toute
la quantité de sourire dont elle était encore capable, et grommela entre ses gencives : *ça chauffe.*

Gilliatt entendit ce mot, il en fut frappé, il murmura avec un point d'interrogation intérieur : —
Ça chauffe? Que veut dire cette vieille? — Il répéta machinalement le mot toute la journée, mais
il ne le comprit pas.

Un soir qu'il était à sa fenêtre du Bû de la Rue,
cinq ou six jeunes filles de l'Ancresse vinrent par
partie de plaisir se baigner dans la crique de Houmet. Elles jouaient dans l'eau, très-naïvement, à
cent pas de lui. Il ferma sa fenêtre violemment.
Il s'aperçut qu'une femme nue lui faisait horreur.

III

L'AIR *BONNY DUNDEE* TROUVE UN ÉCHO
DANS LA COLLINE

Derrière l'enclos du jardin des Bravées, un angle
de mur couvert de houx et de lierre, encombré
d'orties, avec une mauve sauvage arborescente et
un grand bouillon-blanc poussant dans les granits,
ce fut dans ce recoin qu'il passa à peu près tout
son été. Il était là, inexprimablement pensif. Les
lézards, accoutumés à lui, se chauffaient dans les

mêmes pierres au soleil. L'été fut lumineux et caressant. Gilliatt avait au-dessus de sa tête le va-et-vient des nuages. Il était assis dans l'herbe. Tout était plein de bruits d'oiseaux. Il se prenait le front à deux mains et se demandait : Mais enfin pourquoi a-t-elle écrit mon nom sur la neige? Le vent de mer jetait au loin de grands souffles. Par intervalles, dans la carrière lointaine de la Vaudue, la trompe des mineurs grondait brusquement, avertissant les passants de s'écarter et qu'une mine allait faire explosion. On ne voyait pas le port de Saint-Sampson; mais on voyait les pointes des mâts par-dessus les arbres. Les mouettes volaient éparses. Gilliatt avait entendu sa mère dire que les femmes pouvaient être amoureuses des hommes, que cela arrivait quelquefois. Il se répondait: Voilà. Je comprends, Déruchette est amoureuse de moi. Il se sentait profondément triste. Il se disait : Mais elle aussi, elle pense à moi de son côté; c'est bien fait. Il songeait que Déruchette était riche, et que, lui, il était pauvre. Il pensait que le bateau à vapeur était une exécrable invention. Il ne pouvait jamais se rappeler quel quantième du mois on était. Il regardait vaguement les gros bourdons noirs à croupes jaunes et à ailes courtes qui s'enfoncent avec bruit dans les trous des murailles.

Un soir, Déruchette rentrait se coucher. Elle s'approcha de sa fenêtre pour la fermer. La nuit était obscure. Tout à coup Déruchette prêta l'oreille. Dans cette profondeur d'ombre il y avait une musique. Quelqu'un qui était probablement sur le versant de la colline, ou au pied des tours du château du Valle, ou peut-être plus loin encore, exécutait un air sur un instrument. Déruchette reconnut sa mélodie favorite *Bonny Dundee* jouée sur le bug-pipe. Elle n'y comprit rien.

Depuis ce moment, cette musique se renouvela de temps en temps à la même heure, particulièrement dans les nuits très-noires.

Déruchette n'aimait pas beaucoup cela.

IV

Pour l'oncle et le tuteur, bonshommes taciturnes,
Les sérénades sont des tapages nocturnes. ,

(*Vers d'une comédie inédite.*)

Quatre années passèrent.

Déruchette approchait de ses vingt et un ans et n'était toujours pas mariée.

Quelqu'un a écrit quelque part : — Une idée fixe, c'est une vrille. Chaque année elle s'enfonce d'un tour. Si on veut nous l'extirper la première année, on nous tirera les cheveux ; la deuxième année, on nous déchirera la peau ; la troisième année, on nous brisera l'os ; la quatrième année, on nous arrachera la cervelle.

Gilliatt en était à cette quatrième année-là.

Il n'avait pas encore dit une parole à Déruchette.
Il songeait du côté de cette charmante fille. C'était
tout.

Il était arrivé qu'une fois, se trouvant par hasard
à Saint-Sampson, il avait vu Déruchette causant
avec mess Lethierry devant la porte des Bravées
qui s'ouvrait sur la chaussée du port. Gilliatt s'était
risqué à approcher très-près. Il croyait être sûr
qu'au moment où il avait passé elle avait souri. Il
n'y avait à cela rien d'impossible.

Déruchette entendait toujours de temps en temps
le bug-pipe.

Ce bug-pipe, mess Lethierry aussi l'entendait. Il
avait fini par remarquer cet acharnement de musique sous les fenêtres de Déruchette. Musique
tendre, circonstance aggravante. Un galant nocturne n'était pas de son goût. Il voulait marier
Déruchette le jour venu, quand elle voudrait et
quand il voudrait, purement et simplement, sans
roman et sans musique. Impatienté, il avait guetté,
et il croyait bien avoir entrevu Gilliatt. Il s'était
passé les ongles dans les favoris, signe de colère,
et il avait grommelé : *Qu'a-t-il à piper, cet animal-*

là ? Il aime Déruchette, c'est clair. Tu perds ton temps. Qui veut Déruchette doit s'adresser à moi, et pas en jouant de la flûte.

Un événement considérable, prévu depuis long-temps, s'accomplit. On annonça que le révérend Jacquemin Hérode était nommé subrogé de l'évêque de Winchester, doyen de l'île et receveur de Saint-Pierre-Port, et qu'il quitterait Saint-Sampson pour Saint-Pierre immédiatement après avoir installé son successeur.

Le nouveau recteur ne pouvait tarder à arriver. Ce prêtre était un gentleman d'origine normande, monsieur Joë Ebenezer Caudray, anglaisé Cawdry.

On avait sur le futur recteur des détails que la bienveillance et la malveillance commentaient en sens inverse. On le disait jeune et pauvre, mais sa jeunesse était tempérée par beaucoup de doctrine et sa pauvreté par beaucoup d'espérance. Dans la langue spéciale créée pour l'héritage et la richesse, la mort s'appelle espérance. Il était le neveu et l'héritier du vieux et opulent doyen de Saint-Asaph. Ce doyen mort, il serait riche. M. Ebenezer Caudray avait des parentés distinguées; il avait pres-que droit à la qualité d'honorable. Quant à sa doc-

trine, on la jugeait diversement. Il était anglican,
mais, selon l'expression de l'évêque Tillotson, très-
« libertin »; c'est à dire très-sévère. Il répudiait le
pharisaïsme; il se ralliait plutôt au presbytère qu'à
l'épiscopat. Il faisait le rêve de la primitive église,
où Adam avait le droit de choisir Eve, et où Fru-
mentanus, évêque d'Hiérapolis, enlevait une fille
pour en faire sa femme en disant aux parents : *Elle
le veut et je le veux, vous n'êtes plus son père et
vous n'êtes plus sa mère, je suis l'ange d'Hiérapolis,
et celle-ci est mon épouse. Le père, c'est Dieu.* S'il
fallait en croire ce qu'on disait, M. Ebenezer Caudray subordonnait le texte : *Tes père et mère hono-
reras,* au texte, selon lui supérieur : *La femme est
la chair de l'homme. La femme quittera son père et
sa mère pour suivre son mari.* Du reste, cette tendance à circonscrire l'autorité paternelle, et à favo-
riser religieusement tous les modes de formation
du lien conjugal, est propre à tout le protestan-
tisme, particulièrement en Angleterre et singulièrement en Amérique.

V

LE SUCCÈS JUSTE EST TOUJOURS HAÏ

Voici quel était à ce moment-là le bilan de mess Lethierry. La Durande avait tenu tout ce qu'elle avait promis. Mess Lethierry avait payé ses dettes, réparé ses brèches, acquitté les créances de Brême fait face aux échéances de Saint-Malo. Il avait exonéré sa maison des Bravées des hypothèques qui la grevaient; il avait racheté toutes les petites rentes locales inscrites sur cette maison. Il était

possesseur d'un grand capital productif, la Durande. Le revenu net du navire était maintenant
de mille livres sterling et allait croissant. A proprement parler, la Durande était toute sa fortune.
Elle était aussi la fortune du pays. Le transport
des bœufs étant un des plus gros bénéfices du
navire, on avait dû, pour améliorer l'arrimage et
faciliter l'entrée et la sortie des bestiaux, supprimer les porte-manteaux et les deux canots. C'était
peut-être une imprudence. La Durande n'avait
plus qu'une embarcation, la chaloupe. La chaloupe, il est vrai, était excellente.

Il s'était écoulé dix ans depuis le vol Rantaine.

Cette prospérité de la Durande avait un côté
faible, c'est qu'elle n'inspirait point confiance ; on
la croyait un hasard. La situation de mess Lethierry
n'était acceptée que comme exception. Il passait
pour avoir fait une folie heureuse. Quelqu'un qui
l'avait imité à Cowes, dans l'île de Wight, n'avait
pas réussi. L'essai avait ruiné ses actionnaires.
Lethierry disait : C'est que la machine était mal
construite. Mais on hochait la tête. Les nouveautés
ont cela contre elles que tout le monde leur en

veut; le moindre faux pas les compromet. Un des oracles commerciaux de l'archipel normand, le banquier Jauge, de Paris, consulté sur une spéculation de bateaux à vapeur, avait, dit-on, répondu en tournant le dos : *C'est une conversion que vous me proposez là. Conversion de l'argent en fumée.* En revanche, les bateaux à voiles trouvaient des commandites tant qu'ils en voulaient. Les capitaux s'obstinaient pour la toile contre la chaudière. A Guernesey, la Durande était un fait, mais la vapeur n'était pas un principe. Tel est l'acharnement de la négation en présence du progrès. On disait de Lethierry : *C'est bon, mais il ne recommencerait pas.* Loin d'encourager, son exemple faisait peur. Personne n'eût osé risquer une deuxième Durande.

VI

CHANCE QU'ONT EUE CES NAUFRAGÉS
DE RENCONTRER CE SLOOP

L'équinoxe s'annonce de bonne heure dans la
Manche. C'est une mer étroite qui gêne le vent et
l'irrite. Dès le mois de février, il y a commencement de vents d'ouest, et toute la vague est secouée
en tous sens. La navigation devient inquiète; les
gens de la côte regardent le mât de signal; on se
préoccupe des navires qui peuvent être en détresse. La mer apparaît comme un guet-apens;

un clairon invisible sonne on ne sait quelle guerre ;
de grands coups d'haleine furieuse bouleversent
l'horizon ; il fait un vent terrible. L'ombre siffle
et souffle. Dans la profondeur des nuées la face
noire de la tempête enfle ses joues.

Le vent est un danger ; le brouillard en est un
autre.

Les brouillards ont été de tous temps craints
des navigateurs. Dans certains brouillards sont en
suspension des prismes microscopiques de glace
auxquels Mariotte attribue les halos, les parhélies
et les parasélènes. Les brouillards orageux sont
composites ; des vapeurs diverses, de pesanteur
spécifique inégale, s'y combinent avec la vapeur
d'eau, et se superposent dans un ordre qui divise la
brume en zones et fait du brouillard une véritable
formation ; l'iode est en bas, le soufre au-dessus de
l'iode, le brome au-dessus du soufre, le phosphore
au-dessus du brome. Ceci, dans une certaine mesure, en faisant la part de la tension électrique
et magnétique, explique plusieurs phénomènes, le
feu Saint-Elme de Colomb et de Magellan, les
étoiles volantes mêlées aux navires dont parle
Sénèque, les deux flammes Castor et Pollux dont

parle Plutarque, la légion romaine dont César crut
voir les javelots prendre feu, la pique du château
de Duino dans le Frioul que le soldat de garde
faisait étinceler en la touchant du fer de sa lance,
et peut-être même ces fulgurations d'en bas que
les anciens appelaient « les éclairs terrestres de
Saturne ». A l'équateur, une immense brume per-
manente semble nouée autour du globe, c'est
le *Cloud-ring,* l'anneau des nuages. Le Cloud-ring
a pour fonction de refroidir le tropique de même
que le Gulf-stream a pour fonction de réchauffer
le pôle. Sous le Cloud-ring, le brouillard est fatal.
Ce sont les latitudes des chevaux, *Horse latitude;*
les navigateurs des derniers siècles jetaient là les
chevaux à la mer, en temps d'orage pour s'alléger,
en temps de calme pour économiser la provision
d'eau. Colomb disait : *Nube abaxo es muerte.* « Le
nuage bas est la mort ». Les étrusques, qui sont
pour la météorologie ce que les chaldéens sont
pour l'astronomie, avaient deux pontificats, le pontificat du tonnerre et le pontificat de la nuée; les
fulgurateurs observaient les éclairs et les aquiléges
observaient le brouillard. Le collège des prêtres-
augures de Tarquinies était consulté par les ty-

riens, les phéniciens, les pélasges, et tous les
navigateurs primitifs de l'antique Marinterne. Le
mode de génération des tempêtes était dès lors
entrevu; il est intimement lié au mode de génération des brouillards, et c'est, à proprement parler,
le même phénomène. Il existe sur l'océan trois ré-
gions des brumes, une équatoriale, deux polaires;
les marins leur donnent un seul nom : *Le Pot au
noir.*

Dans tous les parages et surtout dans la Manche,
les brouillards d'équinoxe sont dangereux. Ils font
brusquement la nuit sur la mer. Un des périls du
brouillard, même quand il n'est pas très-épais,
c'est d'empêcher de reconnaître le changement de
fond par le changement de couleur de l'eau; il en
résulte une dissimulation redoutable de l'approche
des brisants et des bas-fonds. On est près d'un
écueil sans que rien vous en avertisse. Souvent
les brouillards ne laissent au navire en marche
d'autre ressource que de mettre en panne ou de
jeter l'ancre. Il y a autant de naufrages de brouillard que de vent.

Pourtant, après une bourrasque fort violente qui
succéda à une de ces journées de brouillard, le

sloop de poste *Cashmere* arriva parfaitement d'Angleterre. Il entra à Saint-Pierre-Port au premier rayon du jour sortant de la mer, au moment même où le château Cornet tirait son coup de canon au soleil. Le ciel s'était éclairci. Le sloop *Cashmere* était attendu comme devant amener le nouveau recteur de Saint-Sampson. Peu après l'arrivée du sloop, le bruit se répandit dans la ville qu'il avait été accosté la nuit en mer par une chaloupe contenant un équipage naufragé.

VII

CHANCE QU'A EUE CE FLANEUR D'ÊTRE APERÇU
.PAR CE PÊCHEUR

Cette nuit-là, Gilliatt, au moment où le vent avait molli, était allé pêcher, sans toutefois pousser la panse trop loin de la côte.

Comme il rentrait, à la marée montante, vers deux heures de l'après-midi, par un très-beau soleil, en passant devant la Corne de la Bête pour gagner l'anse du Bû de la Rue, il lui sembla voir dans la projection de la chaise Gild-Holm-'Ur

une ombre portée qui n'était pas celle du rocher.
Il laissa arriver la panse de ce côté, et il reconnut
qu'un homme était assis dans la chaise Gild-
Holm-'Ur. La mer était déjà très-haute, la roche
était cernée par le flot, le retour n'était plus possible. Gilliatt fit à l'homme de grands gestes,
l'homme resta immobile. Gilliatt approcha.
L'homme était endormi.

Cet homme était vêtu de noir. — Cela a l'air
d'un prêtre, pensa Gilliatt. Il approcha plus près
encore, et vit un visage d'adolescent.

Ce visage lui était inconnu.

La roche heureusement était à pic, il y avait
beaucoup de fond, Gilliatt effaça, et parvint à
élonger la muraille. La marée soulevait assez la
barque pour que Gilliatt en se haussant debout sur
le bord de la panse pût atteindre aux pieds de
l'homme. Il se dressa sur le bordage et éleva les
mains. S'il fût tombé en ce moment-là, il est douteux qu'il eût reparu sur l'eau. La lame battait.
Entre la panse et le rocher l'écrasement était iné-
vitable.

Il tira le pied de l'homme endormi.

— Hé, que faites-vous là?

L'homme se réveilla.

— Je regarde, dit-il.

Il se réveilla tout à fait et reprit :

— J'arrive dans le pays, je suis venu par ici en me promenant, j'ai passé la nuit en mer, j'ai trouvé la vue belle, j'étais fatigué, je me suis endormi.

— Dix minutes plus tard, vous étiez noyé, dit Gilliatt.

— Bah !

— Sautez dans ma barque.

Gilliatt maintint la barque du pied, se cramponna d'une main au rocher et tendit l'autre main à l'homme vêtu de noir, qui sauta lestement dans le bateau. C'était un très-beau jeune homme.

Gilliatt prit l'aviron, et en deux minutes la panse arriva dans l'anse du Bû de la Rue.

Le jeune homme avait un chapeau rond et une cravate blanche. Sa longue redingote noire était boutonnée jusqu'à la cravate. Il avait des cheveux blonds en couronne, le visage féminin, l'œil pur, l'air grave.

Cependant la panse avait touché terre. Gilliatt passa le câble dans l'anneau d'amarre, puis se

tourna, et vit la main très-blanche du jeune homme
qui lui présentait un souverain d'or.

Gilliatt écarta doucement cette main.

Il y eut un silence. Le jeune homme le rompit.

— Vous m'avez sauvé la vie.

— Peut-être, répondit Gilliatt.

L'amarre était nouée. Ils sortirent de la barque.
Le jeune homme reprit :

— Je vous dois la vie, monsieur.

— Qu'est-ce que ça fait?

Cette réponse de Gilliatt fut encore suivie d'un
silence.

— Êtes-vous de cette paroisse? demanda le
jeune homme.

— Non, répondit Gilliatt.

— De quelle paroisse êtes-vous?

Gilliatt leva la main droite, montra le ciel, et
dit :

— De celle-ci.

Le jeune homme le salua et le quitta.

Au bout de quelques pas, le jeune homme s'arrêta, fouilla dans sa poche, en tira un livre, et
revint vers Gilliatt en lui tendant le livre.

— Permettez-moi de vous offrir ceci.

Gilliatt prit le livre.

C'était une Bible.

Un instant après, Gilliatt, accoudé sur son parapet, regardait le jeune homme tourner l'angle du sentier qui va à Saint-Sampson.

Peu à peu il baissa la tête, oublia ce nouveau venu, ne sut plus si la chaise Gild-Holm-'Ur existait, et tout disparut pour lui dans l'immersion sans fond de la rêverie. Gilliatt avait un abîme, Déruchette.

Une voix qui l'appelait le tira de cette ombre.

— Hé, Gilliatt!

Il reconnut la voix et leva les yeux.

— Qu'y a-t-il, sieur Landoys?

C'était en effet sieur Landoys qui passait sur la route à cent pas du Bû de la Rue dans son phiaton (phaéton) attelé de son petit cheval. Il s'était arrêté pour héler Gilliatt, mais il semblait affairé et pressé :

— Il y a du nouveau, Gilliatt.

— Où ça?

— Aux Bravées.

— Quoi donc?

— Je suis trop loin pour vous conter cela.

Gilliatt frissonna.

— Est-ce que miss Déruchette se marie?

— Non. Il s'en faut.

— Que voulez-vous dire?

— Allez aux Bravées. Vous le saurez.

Et sieur Landoys fouetta son cheval.

LIVRE CINQUIÈME

LE REVOLVER

I

LES CONVERSATIONS DE L'AUBERGE JEAN

Sieur Clubin était l'homme qui attend une occasion.

Il était petit et jaune avec la force d'un taureau. La mer n'avait pu réussir à le hâler. Sa chair semblait de cire. Il était de la couleur d'un cierge et il en avait la clarté discrète dans les yeux. Sa mémoire était quelque chose d'imperturbable et de particulier. Pour lui, voir un homme une fois,

c'était l'avoir; comme on a une note dans un registre. Ce regard laconique empoignait. Sa prunelle prenait une épreuve d'un visage et la gardait;
le visage avait beau vieillir, sieur Clubin le retrouvait. Impossible de dépister ce souvenir tenace.
Sieur Clubin était bref, sobre, froid; jamais un
geste. Son air de candeur gagnait tout d'abord.
Beaucoup de gens le croyaient naïf; il avait au
coin de l'œil un pli d'une bêtise étonnante. Pas de
mei leur marin que lui, nous l'avons dit; personne
comme lui pour amurer une voile, pour baisser le
point du vent, et pour maintenir avec l'écoute la
voile orientée. Aucune réputation de religion et
d'intégrité ne dépassait la sienne. Qui l'eût soup-
çonné eût été suspect. Il était lié d'amitié avec
M. Rébuchet, changeur à Saint-Malo, rue Saint-
Vincent, à côté de l'armurier, et M. Rébuchet
disait : *je donnerais ma boutique à garder à Clubin.*
Sieur Clubin était veuvier. Sa femme avait été
l'honnête femme comme il était l'honnête homme.
Elle était morte avec la renommée d'une vertu à
tout rompre. Si le bailli lui eût conté fleurette, elle
l'eût été dire au roi; et si le bon Dieu eût été amoureux d'elle, elle l'eût été dire au curé. Ce couple,

sieur et dame Clubin, avait réalisé dans Torteval l'idéal de l'épithète anglaise « *respectable* ». Dame Clubin était le cygne ; sieur Clubin était l'hermine. Il fût mort d'une tache. Il n'eût pu trouver une épingle sans en chercher le propriétaire. Il eût tambouriné un paquet d'allumettes. Il était entré un jour dans un cabaret à Saint-Servan, et avait dit au cabaretier : j'ai déjeuné ici il y a trois ans, vous vous êtes trompé dans l'addition ; et il avait remboursé au cabaretier soixante-cinq centimes. C'était une grande probité, avec un pincement de lèvres attentif.

Il semblait en arrêt. Sur qui? sur les coquins probablement.

Tous les mardis il menait la Durande de Guernesey à Saint-Malo. Il arrivait à Saint-Malo le mardi soir, séjournait deux jours pour faire son chargement, et repartait pour Guernesey le vendredi matin.

Il y avait alors à Saint-Malo une petite hôtellerie sur le port qu'on appelait l'Auberge Jean.

La construction des quais actuels a démoli cette auberge. A cette époque la mer venait mouiller la porte Saint-Vincent et la porte Dinan ; Saint-Malo et Saint-Servan communiquaient à marée basse par des carrioles et des maringottes roulant et circulant entre les navires à sec, évitant les bouées, les ancres et les cordages, et risquant parfois de crever leur capote de cuir à une basse vergue ou à une barre de clin-foc. Entre deux marées, les cochers houspillaient leurs chevaux sur ce sable où, six heures après, le vent fouettait le·flot. Sur cette même grève rôdaient jadis les vingt-quatre dogues portiers de Saint-Malo, qui mangèrent un officier de marine en 1770. Cet excès de zèle les a fait supprimer. Aujourd'hui on n'entend plus d'aboiements nocturnes entre le petit Talard et le grand Talard.

Sieur Clubin descendait à l'Auberge Jean. C'est là qu'était le bureau français de la Durande.

Les douaniers et les gardes-côtes venaient prendre leurs repas et boire à l'Auberge Jean. Ils avaient leur table à part. Les douaniers de Binic se rencontraient là, utilement pour le service, avec les douaniers de Saint-Malo.

Des patrons de navires y venaient aussi, mais mangeaient à une autre table.

Sieur Clubin s'asseyait tantôt à l'une, tantôt à

l'autre, plus volontiers pourtant à la table des
douaniers qu'à celle des patrons. Il était bienvenu
aux deux.

Ces tables étaient bien servies. Il y avait des
raffinements de boissons locales étrangères pour
les marins dépaysés. Un matelot petit-maître de
Bilbao y eût trouvé une helada. On y buvait du
stout comme à Greenwich et de la gueuse brune
comme à Anvers.

Des capitaines au long cours et des armateurs
faisaient quelquefois figure à la mense des patrons.
On y échangeait les nouvelles : — Où en sont les
sucres? — Cette douceur ne figure que pour de
petits lots. Pourtant les bruts vont ; trois mille sacs
de Bombay et cinq cents boucauts de Sagua. —
Vous verrez que la droite finira par renverser
Villèle. — Et l'indigo? — On n'a traité que sept
surons Guatemala. — La *Nanine-Julie* est montée
en rade. Joli trois-mâts de Bretagne. — Voilà
encore les deux villes de la Plata en bisbille. —
Quand Montevideo engraisse, Buenos-Ayres mai-
grit. — Il a fallu transborder le chargement du
Regina-Cœli, condamné au Callao. — Les cacaos
marchent; les sacs Caraques sont cotés deux cent

trente-quatre et les sacs Trinidad soixante-treize.
— Il paraît qu'à la revue du Champ de Mars on
a crié : A bas les ministres ! — Les cuirs salés verts
Saladeros se vendent, les bœufs soixante francs et
les vaches quarante-huit. — A-t-on passé le Balkan ?
Que fait Diebitsch ? — A San Francisco l'anisette
en pomponnelles manque. L'huile d'olive Plagniol
est calme. Le fromage de Gruyère en tins, trente-
deux francs le quintal. — Eh bien, Léon XII est-il
mort ? — etc., etc.

Ces choses-là se criaient et se commentaient
bruyamment. A la table des douaniers et des
gardes-côtes on parlait moins haut.

Les faits de police des côtes et des ports veulent moins de sonorité et moins de clarté dans le
dialogue.

La table des patrons était présidée par un vieux
capitaine au long cours, M. Gertrais-Gaboureau.
M. Gertrais-Gaboureau n'était pas un homme,
c'était un baromètre. Son habitude de la mer lui
avait donné une surprenante infaillibilité de pro-
nostic. Il décrétait le temps qu'il fera demain. Il
auscultait le vent; il tâtait le pouls à la marée. Il
disait au nuage : montre-moi ta langue. C'est-à-

dire l'éclair. Il était le docteur de la vague, de la
brise, de la rafale. L'océan était son malade; il
avait fait le tour du monde comme on fait une cli-
nique, examinant chaque climat dans sa bonne et
mauvaise santé; il savait à fond la pathologie des
saisons. On l'entendait énoncer des faits comme
ceci : — Le baromètre a descendu une fois, en
1706, à trois lignes au-dessous de tempête. — Il
était marin par amour. Il haïssait l'Angleterre de
toute l'amitié qu'il avait pour la mer. Il avait étudié
soigneusement la marine anglaise pour en connaître
le côté faible. Il expliquait en quoi le *Sovereign* de
1637 différait du *Royal William* de 1670 et de la
Victory de 1755. Il comparait les accastillages. Il
regrettait les tours sur le pont et les hunes en
entonnoir du *Great Harry* de 1514, probablement
au point de vue du boulet français, qui se logeait
si bien dans ces surfaces. Les nations pour lui
n'existaient que par leurs institutions maritimes;
des synonymies bizarres lui étaient propres. Il
désignait volontiers l'Angleterre par *Trinity House,*
l'Écosse par *Northern commissioners,* et l'Irlande
par *Ballast board.* Il abondait en renseignements;
il était alphabet et almanach; il était étiage et

tarif. Il savait par cœur le péage des phares, surtout des anglais; un penny par tonne en passant
devant celui-ci, un farthing devant celui-là. Il
vous disait : *Le phare de Small's Rock, qui ne con-
sommait que deux cents gallons d'huile, en brûle
maintenant quinze cents gallons.* Un jour, à bord,
dans une maladie grave qu'il fit, on le croyait mort,
l'équipage entourait son branle, il interrompit les
hoquets de l'agonie pour dire au maître charpentier : — Il serait avantageux d'adapter dans l'épaisseur des chouquets une mortaise de chaque côté
pour y recevoir un réa en fonte ayant son essieu
en fer et pour servir à passer les guinderesses. —
De tout cela résultait une figure magistrale.

Il était rare que le sujet de conversation fût le
même à la table des patrons et à la table des douaniers. Ce cas pourtant se présenta précisément
dans les premiers jours de ce mois de février où
nous ont amené les faits que nous racontons. Le
trois-mâts *Tamaulipas,* capitaine Zuela, venant
du Chili et y retournant, appela l'attention des
deux menses. A la mense des patrons on parla de
son chargement, et à la mense des douaniers de
ses allures.

Le capitaine Zuela, de Copiapo, était un chilien un peu colombien, qui avait fait avec indépendance les guerres de l'indépendance, tenant tantôt pour Bolivar, tantôt pour Morillo, selon qu'il y trouvait son profit. Il s'était enrichi à rendre service à tout le monde. Pas d'homme plus bourbonnien, plus bonapartiste, plus absolutiste, plus libéral, plus athée et plus catholique. Il était de ce grand parti qu'on pourrait nommer le parti Lucratif. Il faisait de temps en temps en France des apparitions commerciales; et, à en croire les ouï-dire, il donnait volontiers passage à son bord à des gens en fuite, banqueroutiers ou proscrits politiques, peu lui importait, payants. Son procédé d'embarquement était simple. Le fugitif attendait sur un point désert de la côte, et, au moment d'appareiller, Zuela détachait un canot qui l'allait prendre. Il avait ainsi, à son précédent voyage, fait évader un contumace du procès Berton, et cette fois il comptait, disait-on, emmener des hommes compromis dans l'affaire de la Bidassoa. La police, avertie, avait l'œil sur lui.

Ces temps étaient une époque de fuites. La restauration était une réaction; or les révolutions

amènent des émigrations, et les restaurations en-
traînent des proscriptions. Pendant les sept ou
huit premières années après la rentrée des Bour-
bons, la panique fut partout, dans la finance, dans
l'industrie, dans le commerce, qui sentaient la terre
trembler et où abondaient les faillites. Il y avait
un sauve-qui-peut dans la politique. Lavalette
avait pris la fuite; Lefebvre-Desnouettes avait pris
la fuite, Delon avait pris la fuite. Les tribunaux
d'exception sévissaient, plus Trestaillon. On fuyait
le pont de Saumur, l'esplanade de la Réole, le
mur de l'Observatoire de Paris, la tour de Tau-
rias d'Avignon, silhouettes lugubrement debout
dans l'histoire, qu'a marquées la réaction, et où
l'on distingue encore aujourd'hui cette main san-
glante. A Londres le procès Thistlewood, ramifié
en France, à Paris le procès Trogoff, ramifié en
Belgique, en Suisse et en Italie, avaient multiplié
les motifs d'inquiétude et de disparition, et augmenté cette profonde déroute souterraine qui faisait le vide jusque dans les plus hauts rangs de
l'ordre social d'alors. Se mettre en sûreté, tel était
le souci. Être compromis, c'était être perdu. L'esprit des cours prévôtales avait survécu à l'institu-

tion. Les condamnations étaient de complaisance.
On se sauvait au Texas, aux montagnes Rocheuses,
au Pérou, au Mexique. Les hommes de la Loire,
brigands alors, paladins aujourd'hui, avaient fondé
le champ d'Asile. Une chanson de Béranger disait : *Sauvages, nous sommes français; prenez
pitié de notre gloire.* S'expatrier était la ressource.
Mais rien n'est moins simple que de fuir; ce mo-
nosyllabe contient des abîmes. Tout fait obstacle à
qui s'esquive. Se dérober implique se déguiser.
Des personnes considérables, et même illustres,
étaient réduites à des expédients de malfaiteurs.
Et encore elles y réussissaient mal. Elles y étaient
invraisemblables. Leur habitude de coudées fran-
ches rendait difficile leur glissement à travers les
mailles de l'évasion. Un filou en rupture de ban
était devant l'œil de la police plus correct qu'un
général. S'imagine-t-on l'innocence contrainte à se
grimer, la vertu contrefaisant sa voix, la gloire
mettant un masque? Tel passant à l'air suspect
était une renommée en quête d'un faux passe-port.
Les allures louches de l'homme qui s'échappe ne
prouvaient pas qu'on n'eût point devant les yeux
un héros. Traits fugitifs et caractéristiques des

temps, que l'histoire dite régulière néglige, et que
le vrai peintre d'un siècle doit souligner. Derrière
ces fuites d'honnêtes gens se faufilaient, moins
surveillées et moins suspectes, les fuites des fri-
pons. Un chenapan forcé de s'éclipser profitait du
pêle-mêle, faisait nombre parmi les proscrits, et
souvent, nous venons de le dire, grâce à plus d'art,
semblait dans ce crépuscule plus honnête homme
que l'honnête homme. Rien n'est gauche comme
la probité reprise de justice. Elle n'y comprend
rien et fait des maladresses. Un faussaire s'échap-
pait plus aisément qu'un conventionnel.

Chose bizarre à constater, on pourrait presque
dire, particulièrement pour les malhonnêtes gens,
que l'évasion menait à tout. La quantité de civilisation qu'un coquin apportait de Paris ou de
Londres lui tenait lieu de dot dans les pays primitifs ou barbares, le recommandait, et en faisait
un initiateur. Cette aventure n'avait rien d'impossible d'échapper ici au code pour arriver là-bas au
sacerdoce. Il y avait de la fantasmagorie dans la
disparition, et plus d'une évasion a eu des résul-
tats de rêve. Une fugue de ce genre conduisait à
l'inconnu et au chimérique. Tel banqueroutier sorti

l'Europe par ce trou à la lune a reparu vingt ans après grand vizir au Mogol ou roi en Tasmanie.

Aider aux évasions, c'était une industrie et, vu la fréquence du fait, une industrie à gros profits. Cette spéculation complétait de certains commerces. Qui voulait se sauver en Angleterre s'adressait aux contrebandiers; qui voulait se sauver en Amérique s'adressait à des fraudeurs de long cours, tels que Zuela.

II

CLUBIN APERÇOIT QUELQU'UN

Zuela venait quelquefois manger à l'Auberge Jean. Sieur Clubin le connaissait de vue.

Du reste, sieur Clubin n'était pas fier; il ne dédaignait pas de connaître de vue les chenapans. Il allait même quelquefois jusqu'à les connaître de fait, leur donnant la main en pleine rue et leur disant bonjour. Il parlait anglais au smogler et baragouinait l'espagnol avec le contrabandista. Il

avait là-dessus des sentences : — On peut tirer du
bien de la connaissance du mal. — Le garde-
chasse cause utilement avec le braconnier. — Le
pilote doit sonder le pirate ; le pirate étant un
écueil. — Je goûte à un coquin comme un médecin goûte à un poison. — C'était sans réplique.
Tout le monde donnait raison au capitaine Clubin.
On l'approuvait de ne point être un délicat ridicule. Qui donc eût osé en médire? Tout ce qu'il
faisait était évidemment « pour le bien du service ».
De lui tout était simple. Rien ne pouvait le com-
promettre. Le cristal voudrait se tacher qu'il ne
pourrait. Cette confiance était la juste récompense
d'une longue honnêteté, et c'est là l'excellence des
réputations bien assises. Quoi que fît ou quoi que
semblât faire Clubin, on y entendait malice dans
le sens de la vertu ; l'impeccabilité lui était ac-
quise ; — par-dessus le marché, il était très-avisé,
disait-on ; — et de telle ou telle accointance qui
dans un autre eût été suspecte, sa probité sortait
avec un relief d'habileté. Ce renom d'habileté se
combinait harmonieusement avec son renom de
naïveté, sans contradiction ni trouble. Un naïf ha-
bile, cela existe. C'est une des variétés de l'hon-

nête homme, et une des plus appréciées. Sieur
Clubin était de ces hommes qui, rencontrés en
conversation intime avec un escroc ou un bandit,
sont acceptés ainsi, pénétrés, compris, respectés
d'autant plus, et ont pour eux le clignement d'yeux
satisfait de l'estime publique.

Le *Tamaulipas* avait complété son chargement.
Il était en partance et allait prochainement appareiller.

Un mardi soir la Durande arriva à Saint-
Malo comme il faisait encore grand jour. Sieur
Clubin, debout sur la passerelle et surveillant la
manœuvre de l'approche du port, aperçut près
du Petit-Bey, sur la plage de sable, entre deux
rochers, dans un lieu très-solitaire, deux hommes
qui causaient. Il les visa de sa lunette marine,
et reconnut l'un des deux hommes. C'était le
capitaine Zuela. Il paraît qu'il reconnut aussi
l'autre.

Cet autre était un personnage de haute taille,
un peu grisonnant. Il portait le large chapeau et
le grave vêtement des Amis. C'était probablement un quaker. Il baissait les yeux avec mo-
destie.

En arrivant à l'Auberge Jean, sieur Clubin apprit que le *Tamaulipas* comptait appareiller dans une dizaine de jours.

On a su depuis qu'il avait pris encore quelques autres informations.

A la nuit il entra chez l'armurier de la rue Saint-Vincent et lui dit :

— Savez-vous ce que c'est qu'un revolver ?

— Oui, répondit l'armurier, c'est américain.

— C'est un pistolet qui recommence la conversation.

— En effet, ça a la demande et la réponse.

— Et la réplique.

— C'est juste, monsieur Clubin. Un canon tournant.

— Et cinq ou six balles.

L'armurier entr'ouvrit le coin de sa lèvre et fit entendre ce bruit de langue qui, accompagné d'un hochement de tête, exprime l'admiration.

— L'arme est bonne, monsieur Clubin. Je croi qu'elle fera son chemin.

— Je voudrais un revolver à six canons.

— Je n'en ai pas.

— Comment ça, vous armurier?

— Je ne tiens pas encore l'article. Voyez-vous, c'est nouveau. Ça débute. On ne fait encore en France que du pistolet.

— Diable !

— Ça n'est pas encore dans le commerce.

— Diable !

— J'ai d'excellents pistolets.

— Je veux un revolver.

— Je conviens que c'est plus avantageux. Mais attendez donc, monsieur Clubin.

— Quoi?

— Je crois savoir qu'il y en a un en ce moment à Saint-Malo, d'occasion.

— Un revolver?

— Oui.

— A vendre?

— Oui.

— Où ça?

— Je crois savoir où. Je m'informerai.

— Quand pourrez-vous me rendre réponse?

— D'occasion. Mais bon.

— Quand faut-il que je revienne?

— Si je vous procure un revolver, c'est qu'il sera bon.

— Quand me rendrez-vous réponse?

— A votre prochain voyage.

— Ne dites pas que c'est pour moi, dit Clubin.

III

CLUBIN EMPORTE ET NE RAPPORTE POINT

Sieur Clubin fit le chargement de la Durande, embarqua nombre de bœufs et quelques passagers, et quitta, comme à l'ordinaire, Saint-Malo pour Guernesey le vendredi matin.

Ce même jour vendredi, quand le navire fut au large, ce qui permet au capitaine de s'absenter quelques instants du pont de commandement, Clubin entra dans sa cabine, s'y enferma, prit un

sac-valise qu'il avait, mit des vêtements dans le
compartiment élastique, du biscuit, quelques boîtes
de conserves, quelques livres de cacao en bâton,   .
un chronomètre et une lunette marine dans le compartiment solide, cadenassa le sac, et passa dans
les oreillons une aussière toute préparée pour le
hisser au besoin. Puis il descendit dans la cale,
entra dans la fosse aux câbles, et on le vit remon-
ter avec une de ces cordes à nœuds armées d'un
crampon qui servent aux calfats sur mer et aux
voleurs sur terre. Ces cordes facilitent les esca-
lades.

Arrivé à Guernesey, Clubin alla à Torteval. Il
y passa trente-six heures. Il y emporta le sac-
valise et la corde à nœuds, et ne les rapporta pas.

Disons-le une fois pour toutes, le Guernesey dont
il est question dans ce livre, c'est l'ancien Guernesey, qui n'existe plus et qu'il serait impossible
de retrouver aujourd'hui, ailleurs que dans les
campagnes. Là il est encore vivant, mais il est
mort dans les villes. La remarque que nous faisons
pour Guernesey doit être aussi faite pour Jersey.
Saint-Hélier vaut Dieppe; Saint-Pierre-Port vaut
Lorient. Grâce au progrès, grâce à l'admirable

esprit d'initiative de ce vaillant petit peuple insu-
laire, tout s'est transformé depuis quarante ans
dans l'archipel de 'a Manche. Où il y avait de
l'ombre, il y a de la lumière. Cela dit, passons.

En ces temps qui sont déjà, par l'éloignement,
des temps historiques, la contrebande était très-
active dans la Manche. Les navires fraudeurs
abondaient particulièrement sur la côte ouest de
Guernesey. Les personnes renseignées à outrance,
et qui savent dans les moindres détails ce qui
se passait il y a tout à l'heure un demi-siècle, vont
jusqu'à citer les noms de plusieurs de ces navires,
presque tous asturiens et guiposcoans. Ce qui est
hors de doute, c'est qu'il ne s'écoulait guère de
semaine sans qu'il en vînt un ou deux, soit dans
la baie des Saints, soit à Plainmont. Cela avait
presque les allures d'un service régulier. Une cave
de la mer à Serk s'appelait et s'appelle encore
les Boutiques, parce que c'était dans cette grotte
qu'on venait acheter aux fraudeurs leurs mar-
chandises. Pour les besoins de ces commerces, il
se parlait dans la Manche une espèce de langue
contrebandière, oubliée aujourd'hui, et qui était à
l'espagnol ce que le levantin est à l'italien.

Sur beaucoup de points du littoral anglais et
français, la contrebande était en cordiale entente
secrète avec le négoce patent et patenté. Elle avait
ses entrées chez plus d'un haut financier, par la
porte dérobée, il est vrai; et elle fusait souterrai-
nement dans la circulation commerciale et dans
tout le système veineux de l'industrie. Négociant
par devant, contrebandier par derrière; c'était
l'histoire de beaucoup de fortunes. Séguin le disait
de Bourgain; Bourgain le disait de Séguin. Nous
ne nous faisons point garant de leurs paroles;
peut-être se calomniaient-ils l'un et l'autre. Quoi
qu'il en fût, la contrebande, traquée par la loi,
était incontestablement fort bien apparentée dans
la finance. Elle était en rapport « avec le meilleur
monde ». Cette caverne, où Mandrin coudoyait
jadis le comte de Charolais, était honnête au dehors,
et avait une façade irréprochable sur la société;
pignon sur rue.

De là beaucoup de connivences, nécessairement
masquées. Ces mystères voulaient une ombre im-
pénétrable. Un contrebandier savait beaucoup de
choses et devait les taire; une foi inviolable et
rigide était sa loi. La première qualité d'un frau-

deur était la loyauté. Sans discrétion pas de contrebande. Il y avait le secret de la fraude comme il
y a le secret de la confession.

Ce secret était imperturbablement gardé. Le
contrebandier jurait de tout taire, et tenait parole.
On ne pouvait se fier à personne mieux qu'à un
fraudeur. Le juge-alcade d'Oyarzun prit un jour
un contrebandier des Ports secs, et le fit mettre à
la question pour le forcer à nommer son bailleur
de fonds secret. Le contrebandier ne nomma point
le bailleur de fonds. Ce bailleur de fonds était le
juge-alcade. De ces deux complices, le juge et
le contrebandier, l'un avait dû, pour obéir aux yeux
de tous à la loi, ordonner la torture, à laquelle
l'autre avait résisté, pour obéir à son serment.

Les deux plus fameux contrebandiers hantant
Plainmont à cette époque étaient Blasco et Blasquito. Ils étaient tocayos. C'est une parenté
espagnole et catholique qui consiste à avoir le
même patron dans le paradis, chose, on en conviendra, non moins digne de considération que
d'avoir le même père sur la terre.

Quand on était à peu près au fait du furtif
itinéraire de la contrebande, parler à ces hommes,

rien n'était plus facile et plus difficile. Il suffisait
de n'avoir aucun préjugé nocturne, d'aller à Plainmont, et d'affronter le mystérieux point d'interrogation qui se dresse là.

IV

PLAINMONT

Plainmont, près Torteval, est un des trois angles de Guernesey. Il y a là, à l'extrémité du cap, une haute croupe de gazon qui domine la mer.

Ce sommet est désert.

Il est d'autant plus désert qu'on y voit une maison.

Cette maison ajoute l'effroi à la solitude.

Elle est, dit-on, visionnée.

Hantée ou non, l'aspect en est étrange.

Cette maison, bâtie en granit, et élevée d'un étage, est au milieu de l'herbe. Elle n'a rien d'une ruine. Elle est parfaitement habitable. Les murs sont épais et le toit est solide. Pas une pierre ne manque aux murailles, pas une tuile au toit. Une cheminée de brique contre-bute l'angle du toit. Cette maison tourne le dos à la mer. Sa façade du côté de l'océan n'est qu'une muraille. En examinant attentivement cette façade, on y distingue une fenêtre, murée. Les deux pignons offrent trois lucarnes, une à l'est, deux à l'ouest, murées toutes trois. La devanture qui fait face à la terre a seule une porte et des fenêtres. La porte est murée. Les deux fenêtres du rez-de-chaussée sont murées. Au premier étage, et c'est là ce qui frappe tout d'abord quand on approche, il y a deux fenêtres ouvertes; mais les fenêtres murées sont moins farouches que ces fenêtres ouvertes. Leur ouverture les fait noires en plein jour. Elles n'ont pas de vitres, pas même de châssis. Elles s'ouvrent sur l'ombre du dedans. On dirait les trous vides de deux yeux arrachés. Rien dans cette maison. On

aperçoit par les croisées béantes le délabrement
intérieur. Pas de lambris, nulle boiserie, la pierre
nue. On croit voir un sépulcre à fenêtres permet-
tant aux spectres de regarder dehors. Les pluies
affouillent les fondations du côté de la mer. Quelques orties agitées par le vent caressent le bas des
murs. A l'horizon, aucune habitation humaine.
Cette maison est une chose vide où il y a le silence.
Si l'on s'arrête pourtant et si l'on colle son oreille
à la muraille, on y entend confusément par instants
des battements d'ailes effarouchés. Au-dessus de
la porte murée, sur la pierre qui fait l'architrave,
sont gravées ces lettres : ELM-PBILG, et cette
date : 1780.

La nuit, la lune lugubre entre là.

Toute la mer est autour de cette maison. Sa
situation est magnifique, et par conséquent sinistre.
La beauté du lieu devient une énigme. Pourquoi
aucune famille humaine n'habite-t-elle ce logis? La
place est belle, la maison est bonne. D'où vient cet
abandon? Aux questions de la raison s'ajoutent
les questions de la rêverie. Ce champ est cultivable,
d'où vient qu'il est inculte ? Pas de maître. La porte
murée. Qu'a donc ce lieu? pourquoi l'homme en

fuite? que se passe-t-il ici? S'il ne s'y passe rien,
pourquoi n'y a-t-il personne? quand tout est endormi, y a-t-il ici quelqu'un d'éveillé? La rafale
ténébreuse, le vent, les oiseaux de proie, les bêtes
cachées, les êtres ignorés, apparaissent à la pensée
et se mêlent à cette maison. De quels passants est-
elle l'hôtellerie? On se figure des ténèbres de grêle
et de pluie s'engouffrant dans les fenêtres. De
vagues ruissellements de tempêtes ont laissé leurs
traces sur la muraille intérieure. Ces chambres murées et ouvertes sont visitées par l'ouragan. S'est-
il commis un crime là? Il semble que la nuit cette
maison livrée à l'ombre doit appeler au secours.
Reste-t-elle muette? en sort-il des voix? à qui
a-t-elle affaire dans cette solitude? le mystère des
heures noires est à l'aise ici. Cette maison est inquiétante à midi ; qu'est-elle à minuit? En la regardant, on regarde un secret. On se demande, la
rêverie ayant sa logique et le possible ayant sa
pente, ce que devient cette maison entre le crépuscule du soir et le crépuscule du matin. L'immense
dispersion de la vie extra-humaine a-t-elle sur ce
sommet désert un nœud où elle s'arrête et qui la
force à devenir visible et à descendre? l'épars

vient-il y tourbillonner? l'impalpable s'y condense-
t-il jusqu'à prendre forme? Énigmes. L'horreur
sacrée est dans ces pierres. Cette ombre qui est
dans ces chambres défendues est plus que de
l'ombre; c'est de l'inconnu. Après le soleil couché,
les bateaux pêcheurs rentreront, les oiseaux se
tairont, le chevrier qui est derrière le rocher s'en
ira avec ses chèvres, les entre-deux des pierres
livreront passage aux premiers glissements des
reptiles rassurés, les étoiles commenceront à regarder, la bise soufflera, le plein de l'obscurité se
fera, ces deux fenêtres seront là, béantes. Cela
s'ouvre aux songes; et c'est par des apparitions,
par des larves, par des faces de fantômes vaguement distinctes, par des masques dans des lueurs,
par de mystérieux tumultes d'âmes et d'ombres,
que la croyance populaire, à la fois stupide et
profonde, traduit les sombres intimités de cette
demeure avec la nuit.

La maison est « visionnée »; ce mot répond à
tout.

Les esprits crédules ont leur explication; mais
les esprits positifs ont aussi la leur. Rien de plus
simple, disent-ils, que cette maison. C'est un

ancien poste d'observation, du temps des guerres
de la révolution et de l'empire, et des contre-
bandes. Elle a été bâtie là pour cela. La guerre
finie, le poste a été abandonné. On n'a pas démoli
la maison parce qu'elle peut redevenir utile. On a
muré la porte et les fenêtres du rez-de-chaussée
contre les stercoraires humains, et pour que personne n'y pût entrer; on a muré les fenêtres des
trois côtés sur la mer, à cause du vent du sud et
du vent d'ouest. Voilà tout.

Les ignorants et les crédules insistent. D'abord,
la maison n'a pas été bâtie à l'époque des guerres
de la révolution. Elle porte la date — 1780 —
antérieure à la révolution. Ensuite, elle n'a pas été
bâtie pour être un poste; elle porte les lettres
ELM-PBILG, qui sont le double monogramme de
deux familles, et qui indiquent, suivant l'usage,
que la maison a été construite pour l'établissement
d'un jeune ménage. Donc, elle a été habitée.
Pourquoi ne l'est-elle plus? Si l'on a muré la porte et
les croisées pour que personne ne pût pénétrer dans
la maison, pourquoi a-t-on laissé deux fenêtres
ouvertes? Il fallait tout murer, ou rien. Pourquoi
pas de volets? pourquoi pas de châssis? pourquoi

pas de vitres? pourquoi murer les fenêtres d'un
côté si on ne les mure pas de l'autre? on empêche
la pluie d'entrer par le sud, mais on la laisse entrer par le nord.

Les crédules ont tort, sans doute, mais à coup
sûr les positifs n'ont pas raison. Le problème persiste.

Ce qui est sûr, c'est que la maison passe pour
avoir été plutôt utile que nuisible aux contrebandiers.

Le grossissement de l'effroi ôte aux faits leur
vraie proportion. Sans nul doute, bien des phénomènes nocturnes, parmi ceux dont s'est peu à peu
composé le « visionnement » de la masure, pour-
raient s'expliquer par des présences obscures et
furtives, par de courtes stations d'hommes tout de
suite rembarqués, tantôt par les précautions, tantôt
par les hardiesses de certains industriels suspects
se cachant pour mal faire et se laissant entrevoir
pour faire peur.

A cette époque déjà lointaine beaucoup d'audaces étaient possibles. La police, surtout dans
les petits pays, n'était pas ce qu'elle est aujour-
d'hui.

Ajoutons que, si cette masure était, comme on
le dit, commode aux fraudeurs, leurs rendez-vous
devaient avoir là jusqu'à un certain point leurs
coudéesfranches, précisément parce que la maison était mal vue. Être mal vue l'empêchait d'être
dénoncée. Ce n'est guère aux douaniers et aux
sergents qu'on s'adresse contre les spectres. Les
superstitieux font des signes de croix et non des
procès-verbaux. Ils voient ou croient voir, s'enfuient
et se taisent. Il existe une connivence tacite, non
voulue, mais réelle, entre ceux qui font peur et
ceux qui ont peur. Les effrayés se sentent dans leur
tort d'avoir été effrayés, ils s'imaginent avoir surpris un secret, ils craignent d'aggraver leur posi-
tion, mystérieuse pour eux-mêmes, et de fâcher les
apparitions. Ceci les rend discrets. Et, même en
dehors de ce calcul, l'instinct des gens crédules
est le silence; il y a du mutisme dans l'épouvante;
les terrifiés parlent peu; il semble que l'horreur
dise : chut !

Il faut se souvenir que ceci remonte à l'époque
où les paysans guernesiais croyaient que le mystère de la Crèche était tous les ans, à jour fixe,
répété par les bœufs et les ânes; époque où per-

sonne, dans la nuit de Noël, n'eût osé pénétrer dans une étable, de peur d'y trouver les bêtes à genoux.

S'il faut ajouter foi aux légendes locales, et aux récits des gens qu'on rencontre, la superstition autrefois a été quelquefois jusqu'à suspendre aux murs de cette maison de Plainmont, à des clous dont on voit encore çà et là la trace, des rats sans pattes, des chauves-souris sans ailes, des carcasses de bêtes mortes, des crapauds écrasés entre les pages d'une Bible, des brins de lupin jaune, étranges ex-voto, accrochés là par d'imprudents passants nocturnes qui avaient cru voir quelque chose, et qui, par ces cadeaux, espéraient obtenir leur pardon, et conjurer la mauvaise humeur des stryges, des larves et des brucolaques. Il y a eu de tout temps des crédules aux abacas et aux sabbats, et même d'assez haut placés. César consultait Sagane, et Napoléon mademoiselle Lenormand. Il est des consciences inquiètes jusqu'à tâcher d'obtenir des indulgences du diable. « *Que Dieu fasse et que Satan ne défasse pas ;* » c'était là une des prières de Charles-Quint. D'autres esprits sont plus timorés encore. Ils vont jusqu'à se persuader

qu'on eût avoir des torts envers le mal. Être irréprochable vis-à-vis du démon, c'est une de leurs
préoccupations. De là des pratiques religieuses
tournées vers l'immense malice obscure. C'est un
bigotisme comme un autre. Les crimes contre le
démon existent dans certaines imaginations malades; avoir violé la loi d'en bas tourmente de
bizarres casuistes de l'ignorance; on a des scrupules du côté des ténèbres. Croire à l'efficacité de
la dévotion aux mystères du Brocken et d'Armuyr,
se figurer qu'on a péché contre l'enfer, avoir recours
pour des infractions chimériques à des pénitences
chimériques, avouer la vérité à l'esprit de men-
songe, faire son meâ culpâ devant le père de la
Faute, se confesser en sens inverse, tout cela
existe ou a existé; les procès de magie le prouvent
à chaque page de leurs dossiers. Le songe humain
va jusque-là. Quand l'homme se met à s'effarer, il
ne s'arrête point. On rêve des fautes imaginaires,
on rêve des purifications imaginaires, et l'on fait
faire le nettoyage de sa conscience par l'ombre du
balai des sorcières.

Quoi qu'il en soit, si cette maison a des aventures, c'est son affaire; à part quelques hasards et

quelques exceptions, nul n'y va voir, elle est laissée seule; il n'est du goût de personne de se risquer aux rencontres infernales.

Grâce à la terreur qui la garde, et qui en éloigne quiconque pourrait observer et témoigner, il a été de tout temps facile de s'introduire la nuit dans cette maison, au moyen d'une échelle de corde, ou même tout simplement du premier escalier venu pris aux courtils voisins. Un en-cas de hardes et de vivres apporté là permettrait d'y attendre en toute sécurité l'éventualité et l'à-propos d'un embarquement furtif. La tradition raconte qu'il y a une quarantaine d'années un fugitif, de la politique selon les uns, du commerce selon les autres, a séjourné quelque temps caché dans la maison visionnée de Plainmont, d'où il a réussi à s'embarquer sur un bateau pêcheur pour l'Angleterre. D'Angleterre on gagne aisément l'Amérique.

Cette même tradition affirme que des provisions déposées dans cette masure y demeurent sans qu'on y touche, Lucifer, comme les contrebandiers, ayant intérêt à ce que celui qui les a mises là revienne.

Du sommet où est cette maison, on aperçoit au

sud-ouest, à un mille de la côte, l'écueil des Hanois.

Cet écueil est célèbre. Il a fait toutes les mauvaises actions que peut faire un rocher. C'était un des plus redoutables assassins de la mer. Il attendait en traître les navires dans la nuit. Il a élargi les cimetières de Torteval et de la Rocquaine.

En 1862 on a placé sur cet écueil un phare.

Aujourd'hui l'écueil des Hanois éclaire la navigation qu'il fourvoyait ; le guet-apens a un flambeau à la main. On cherche à l'horizon comme un protecteur et un guide ce rocher qu'on fuyait comme un malfaiteur. Les Hanois rassurent ces vastes espaces nocturnes qu'ils effrayaient. C'est quelque chose comme le brigand devenu gendarme.

Il y a trois Hanois : le grand Hanois, le petit Hanois, et la Mauve. C'est sur le petit Hanois qu'est aujourd'hui le « Light Red ».

Cet écueil fait partie d'un groupe de pointes, quelques-unes sous-marines, quelques-unes sortant de la mer. Il les domine. Il a, comme une forteresse, ses ouvrages avancés : du côté de la haute mer, un cordon de treize rochers ; au nord, deux

brisants, les Hautes-Fourquies, les Aiguillons, et
un banc de sable, l'Hérouée ; au sud, trois rochers,
le Cat-Rock, la Percée et la Roque Herpin ; plus
deux boues, la South Boue et la Boue le Mouet, et
en outre, devant Plainmont, à fleur d'eau, le Tas
de Pois d'Aval.

Qu'un nageur franchisse le détroit des Hanois
à Plainmont, cela est malaisé, non impossible. On
se souvient que c'était une des prouesses de sieur
Clubin. Le nageur qui connaît ces bas-fonds a deux
stations où il peut se reposer, la Roque ronde, et
plus loin, en obliquant un peu à gauche, la Roque
rouge.

V

LES DÉNIQUOISEAUX

C'est à peu près vers cette journée de samedi,
passée par sieur Clubin à Torteval, qu'il faut
rapporter un fait singulier, peu ébruité d'abord
dans le pays, et qui ne transpira que longtemps
après. Car beaucoup de choses, nous venons de
le remarquer, restent inconnues à cause même
de l'effroi qu'elles ont fait à ceux qui en ont été
témoins.

Dans la nuit du samedi au dimanche, nous pré-
cisons la date et nous la croyons exacte, trois enfants escaladèrent l'escarpement de Plainmont.
Ces enfants s'en retournaient au village. Ils venaient de la mer. C'était ce qu'on appelle dans la
langue locale des « *déniquoiseaux* ». Lisez déniche-
oiseaux. Partout où il y a des falaises et des trous
de rochers au-dessus de la mer, les enfants déni-
cheurs d'oiseaux abondent. Nous en avons dit un
mot déjà. On se souvient que Gilliatt s'en préoc-
cupait, à cause des oiseaux et à cause des enfants.

Les déniquoiseaux sont des espèces de gamins
de l'océan, peu timides.

La nuit était très-obscure. D'épaisses superpo-
sitions de nuées cachaient le zénith. Trois heures
du matin venaient de sonner au clocher de Torteval,
qui est rond et pointu et qui ressemble à un
bonnet de magicien.

Pourquoi ces enfants revenaient-ils si tard? Rien
de plus simple. Ils étaient allés à la chasse aux
nids de mauves, dans le Tas de Pois d'Aval. La
saison ayant été très-douce, les amours des oiseaux
commençaient de très-bonne heure. Ces enfants,

guettant les allures des mâles et des femelles autour des gîtes, et distraits par l'acharnement de
cette poursuite, avaient oublié l'heure. Le flux les
avait cernés; ils n'avaient pu regagner à temps la
petite anse où ils avaient amarré leur canot, et ils
avaient dû attendre sur une des pointes du Tas
de Pois que la mer se retirât. De là leur rentrée
nocturne. Ces rentrées-là sont attendues par la
fiévreuse inquiétude des mères, laquelle, rassurée,
dépense sa joie en colère, et, grossie dans les
larmes, se dissipe en taloches. Aussi se hâtaient-
ils, assez inquiets. Ils avaient cette manière de se
hâter qui s'attarderait volontiers, et qui contient
un certain désir de ne pas arriver. Ils avaient en
perspective un embrassement compliqué de giffles.

Un seul de ces enfants n'avait rien à craindre;
c'était un orphelin. Ce garçon était français, sans
père ni mère, et content en cette minute-là de
n'avoir pas de mère. Personne ne s'intéressant à
lui, il ne serait pas battu. Les deux autres étaient
guernesiais, et de la paroisse même de Torteval.

La haute croupe de roches escaladée, les trois
déniquoiseaux parvinrent sur le plateau où est la
maison visionnée.

Ils commencèrent par avoir peur, ce qui est le devoir de tout passant, et surtout de tout enfant, à cette heure et dans ce lieu.

Ils eurent bien envie de se sauver à toutes jambes, et bien envie de s'arrêter pour regarder.

Ils s'arrêtèrent.

Ils regardèrent la maison.

Elle était toute noire et formidable.

C'était, au milieu du plateau désert, un bloc obscur, une excroissance symétrique et hideuse, une haute masse carrée à angles rectilignes, quelque chose de semblable à un énorme autel de ténèbres.

La première pensée des enfants avait été de s'enfuir; la seconde fut de s'approcher. Ils n'avaient jamais vu cette maison-là à cette heure-là. La curiosité d'avoir peur existe. Ils avaient un petit français avec eux, ce qui fit qu'ils approchèrent.

On sait que les français ne croient à rien.

D'ailleurs, être plusieurs dans un danger, rassure; avoir peur à trois, encourage.

Et puis, on est chasseur; on est enfant, à trois qu'on est, on n'a pas trente ans; on est en quête, on fouille, on épie les choses cachées; est-ce pour s'arrêter en chemin? on avance la tête dans ce trou-ci, comment ne point l'avancer dans ce trou-là? qui est en chasse subit un entraînement; qui va à la découverte est dans un engrenage. Avoir tant regardé dans le nid des oiseaux, cela donne la démangeaison de regarder un peu dans le nid des spectres. Fureter dans l'enfer; pourquoi pas?

De gibier en gibier, on arrive au démon. Après les moineaux, les farfadets. On va savoir à quoi s'en tenir sur toutes ces peurs que vos parents vous ont faites. Être sur la piste des contes bleus, rien n'est plus glissant. En savoir aussi long que les bonnes femmes, cela tente.

Tout ce pêle-mêle d'idées, à l'état de confusion et d'instinct dans la cervelle des déniquoiseaux guernesiais, eut pour résultante leur témérité. Ils marchèrent vers la maison.

Du reste, le petit qui leur servait de point d'appui dans cette bravoure, en était digne. C'était un garçon résolu, apprenti calfat, de ces enfants déjà hommes, couchant au chantier sur de la paille dans un hangar, gagnant sa vie, ayant une grosse voix, grimpant volontiers aux murs et aux arbres, sans préjugés vis-à-vis des pommes près desquelles il passait, ayant travaillé à des radoubs de vaisseaux de guerre, fils du hasard, enfant de raccroc, orphelin gai, né en France, et on ne savait où, deux raisons pour être hardi, ne regardant pas à donner un double à un pauvre, très-méchant, très-bon, blond jusqu'au roux, ayant parlé à des parisiens. Pour le moment, il gagnait un chelin par jour à calfater des barques de poissonniers, en réparation aux Pêqueries. Quand l'envie lui en prenait, il se donnait des vacances, et allait dénicher des oiseaux. Tel était le petit français.

La solitude du lieu avait on ne sait quoi de funèbre. On sentait là l'inviolabilité menaçante. C'était farouche. Ce plateau, silencieux et nu, dérobait à très-courte distance dans le précipice sa courbe déclive et fuyante. La mer en bas se taisait. Il n'y avait point de vent. Les brins d'herbe ne bougeaient pas.

Les petits déniquoiseaux avançaient à pas lents, l'enfant français en tête, en regardant la maison.

L'un d'eux, plus tard, en racontant le fait, ou l'à peu près qui lui en était resté, ajoutait : « Elle ne disait rien ».

Ils s'approchaient en retenant leur haleine, comme on approcherait d'une bête.

Ils avaient gravi le roidillon qui est derrière la maison et qui aboutit du côté de la mer à un petit isthme de rochers peu praticable ; ils étaient parvenus assez près de la masure ; mais ils ne voyaient que la façade sud, qui est toute murée ; ils n'avaient pas osé tourner à gauche, ce qui les eût exposés à voir l'autre façade où il y a deux fenêtres, ce qui est terrible.

Cependant ils s'enhardirent, l'apprenti calfat leur ~ant dit tout bas : virons à bâbord. C'est ce côté-là qui est le beau. Il faut voir les deux fenêtres noires.

Ils « virèrent à bâbord » et arrivèrent de l'autre côté de la maison.

Les deux fenêtres étaient éclairées.

Les enfants s'enfuirent.

Quand ils furent loin, le petit français se retourna.

— Tiens, dit-il, il n'y a plus de lumière.

En effet, il n'y avait plus de clarté aux fenêtres. La silhouette de la masure se dessinait, découpée comme à l'emporte-pièce, sur la lividité diffuse du ciel.

La peur ne s'en alla point, mais la curiosité revint. Les déniquoiseaux se rapprochèrent.

Brusquement, aux deux fenêtres à la fois, la lumière se refit.

Les deux gars de Torteval reprirent leurs jambes à leur cou, et se sauvèrent. Le petit satan de français n'avança pas, mais ne recula pas.

Il demeura immobile, faisant face à la maison, et la regardant.

La clarté s'éteignit, puis brilla de nouveau. Rien de plus horrible. Le reflet faisait une vague traînée de feu sur l'herbe mouillée par la buée de la nuit. A un certain moment, la lueur dessina sur le mur intérieur de la masure de grands profils noirs qui remuaient et des ombres de têtes énormes.

Du reste, la masure étant sans plafonds ni cloisons et n'ayant plus que les quatre murs et le toit, une fenêtre ne peut pas être éclairée sans que l'autre le soit.

Voyant que l'apprenti calfat restait, les deux autres déniquoiseaux revinrent, pas à pas, l'un après l'autre, tremblants, curieux. L'apprenti calfat leur dit tout bas : — Il y a des revenants dans

la maison. J'ai vu le nez d'un. — Les deux petits
de Torteval se blottirent derrière le français,
et haussés sur la pointe du pied, par-dessus
son épaule, abrités par lui, le prenant pour
bouclier, l'opposant à la chose, rassurés de le
sentir entre eux et la vision, ils regardèrent, eux
aussi.

La masure, de son côté, semblait les regarder.
Elle avait, dans cette vaste obscurité muette, deux
prunelles rouges. C'étaient les fenêtres. La lumière
s'éclipsait, reparaissait, s'éclipsait encore, comme
font ces lumières-là. Ces intermittences sinistres
tiennent probablement au va-et-vient de l'enfer.
Cela s'entr'ouvre, puis se referme. Le soupirail du
sépulcre a des effets de lanterne sourde.

Tout à coup une noirceur très-opaque ayant
la forme humaine se dressa sur l'une des fenêtres
comme si elle venait du dehors, puis s'enfonça
dans l'intérieur de la maison. Il sembla que quelqu'un venait d'entrer.

Entrer par la croisée, c'est l'habitude des ailleurs.

La clarté fut un moment plus vive, puis s'éteignit et ne reparut plus. La maison redevint noire.

Alors il en sortit des bruits. Ces bruits ressemblaient à des voix. C'est toujours comme cela.
Quand on voit, on n'entend pas; quand on ne voit
pas, on entend.

La nuit sur la mer a une taciturnité particulière.
Le silence de l'ombre est là plus profond qu'ailleurs. Lorsqu'il n'y a ni vent ni flot, dans cette
remuante étendue où d'ordinaire on n'entend pas
voler les aigles, on entendrait une mouche voler.
Cette paix sépulcrale donnait un relief lugubre aux
bruits qui sortaient de la masure.

— Voyons voir, dit le petit français.

Et il fit un pas vers la maison.

Les deux autres avaient une telle peur qu'ils se
décidèrent à le suivre. Ils n'osaient plus s'enfuir
tout seuls.

Comme ils venaient de dépasser un assez gros
tas de fagots qui, on ne sait pas pourquoi, les rassurait dans cette solitude, une chevêche s'envola
d'un buisson. Cela fit un froissement de branches.
Les chevêches ont une espèce de vol louche, d'une
obliquité inquiétante. L'oiseau passa de travers
près des enfants, en fixant sur eux la rondeur de
ses yeux clairs dans la nuit.

Il y eut un certain tremblement dans le groupe derrière le petit français.

Il apostropha la chevêche.

— Moineau, tu viens trop tard. Il n'est plus temps. Je veux voir.

Et il avança.

Le craquement de ses gros souliers cloutés sur les ajoncs n'empêchait pas d'entendre les bruits de la masure qui s'élevaient et s'abaissaient, avec l'accentuation calme et la continuité d'un dialogue.

Un moment après, il ajouta :

— D'ailleurs il n'y a que les bêtes qui croient aux revenants.

L'insolence dans le danger rallie les traînards et les pousse en avant.

Les deux gars de Torteval se remirent en marche, emboîtant le pas à la suite de l'apprenti calfat.

La maison visionnée leur faisait l'effet de grandir démesurément. Dans cette illusion d'optique de la peur il y avait de la réalité. La maison grandissait en effet, parce qu'ils en approchaient.

Cependant les voix qui étaient dans la maison prenaient une saillie de plus en plus nette. Les

enfants écoutaient. L'oreille aussi a ses grossis-
sements. C'était autre chose qu'un murmure,
plus qu'un chuchotement, moins qu'un brou-
haha. Par instants une ou deux paroles clairement
articulées se détachaient. Ces paroles, impossibles
à comprendre, sonnaient bizarrement. Les enfants
s'arrêtaient, écoutaient, puis recommençaient à
avancer.

— C'est la conversation des revenants, murmura l'apprenti calfat, mais je ne crois pas aux
revenants.

Les petits de Torteval étaient bien tentés de se
replier derrière le tas de fagots; mais ils en étaient
déjà loin, et leur ami le calfat continuait de marcher vers la masure. Ils tremblaient de rester
avec lui, et ils n'osaient pas le quitter.

Pas à pas, et perplexes, ils le suivaient.

L'apprenti calfat se tourna vers eux et leur dit :

— Vous savez que ce n'est pas vrai. Il n'y en
a pas.

La maison devenait de plus en plus haute. Les
voix devenaient de plus en plus distinctes.

Ils approchaient.

En approchant, on reconnaissait qu'il y avait

dans la maison quelque chose comme de la lumière étouffée. C'était une lueur très-vague, un de ces effets de lanterne sourde indiqués tout à l'heure, et qui abondent dans l'éclairage des sabbats.

Quand ils furent tout près, ils firent halte.

Un des deux de Torteval hasarda cette obser- vation :

— Ce n'est pas des revenants ; c'est des dames blanches.

— Qu'est-ce que c'est que ça qui pend à une fenêtre? demanda l'autre.

— Ça a l'air d'une corde.

— C'est un serpent.

— C'est de la corde de pendu, dit le français avec autorité. Ça leur sert. Mais je n'y crois pas.

Et, en trois bonds plutôt qu'en trois pas, il fut au pied du mur de la masure. Il y avait de la fièvre dans cette hardiesse.

Les deux autres, frissonnants, l'imitèrent, et vinrent se coller près de lui, se serrant l'un contre son côté droit, l'autre contre son côté gauche. Les enfants appliquèrent leur oreille contre la muraille. On continuait de parler dans la maison.

Voici ce que disaient les fantômes :

— Asi, entendido esta ?

— Entendido.

— Dicho ?

— Dicho.

— Aqui esperara un hombre, y podra marcharse en Inglaterra con Blasquito ?

— Pagando.

— Pagando.

— Blasquito tomara al hombre en su barca.

— Sin buscar para conocer a su pais?

— No nos toca.

— Ni a su nombre del hombre ?

— Ainsi, c'est entendu ?

— Entendu.

— C'est dit ?

— Dit.

— Un homme attendra ici, et pourra s'en aller en Angleterre avec Blasquito ?

— En payant.

— En payant.

— Blasquito prendra l'homme dans sa barque.

— Sans chercher à savoir de quel pays il est ?

— Cela ne nous regarde pas.

— Sans lui demander son nom ?

— No se pide el nombre, pero se pesa la bolsa.

— Bien. Esperara el hombre en esa casa.

— Tenga que comer.

— Tendra.

— Onde?

— En este saco que he llevado.

— Muy bien.

— Puedo dexar el saco aqui?

— Los contrabandistas no son ladrones.

— Y vosotros, cuando marchais?

— Mañana por la mañana. Si su hombre de usted esta parado, podria venir con nosotros.

— On ne demande pas le nom; on pèse la bourse.
— Bien. L'homme attendra dans cette maison.
— Il faudra qu'il ait de quoi manger.
— Il en aura.
— Où?
— Dans ce sac que j'apporte.
— Très-bien.
— Puis-je laisser ce sac ici?
— Les contrebandiers ne sont pas des voleurs.
— Et vous autres, quand partez-vous?
— Demain matin. Si votre homme était prêt, il pourrait venir avec nous.

— Parado no esta.

— Hacienda suya.

— Cuantos dias esperara alli?

— Dos, tres, quatro dias. Menos o mas.

— Es cierto que el Blasquito vendra?

— Cierto.

— En este Plainmont?

— En este Plainmont.

— A qual semana?

— La que viene.

— A qual dia?

— Viernes, o sabado, o domingo.

— Il n'est pas prêt.

— C'est son affaire.

— Combien de jours aura-t-il à attendre dans cette maison?

— Deux, trois, quatre jours. Moins ou plus.

— Est-il certain que Blasquito viendra?

— Certain.

— Ici? A Plainmont?

— A Plainmont.

— Quelle semaine?

— La semaine prochaine.

— Quel jour?

— Vendredi, samedi, ou dimanche.

— No puede faltar?

— Es mi tocayo.

— Por qualquiera tiempo viene?

— Qualquiera. No tieme. Soy el Blasco, es el Blasquito.

— Asi, no puede faltar de venir en Guernesey?

— Vengo a un mes, y viene al otro mes.

— Entiendo.

— A cuentar del otro sabado, desde hoy en ocho, ne se pasaran cinco dias sin que venga el Blasquito.

— Pero un muy malo mar?

— Il ne peut manquer?

— Il est mon tocayo.

— Il vient par tous les temps?

— Par tous. Il n'a pas peur. Je suis Blasco, il est Blasquito.

— Ainsi, il ne peut manquer de venir à Guernesey?

— Je viens un mois; il vient l'autre mois.

— Je comprends.

— A compter de samedi prochain, d'aujourd'hui en huit, il ne se passera pas cinq jours sans que Blasquito arrive.

— Mais si la mer était très-dure?

— Egurraldia gaïztoa?

— Si.

— No vendria el Blasquito tan pronto, pero vendria.

— Donde vendra?

— De Vilvao.

— Onde ira ?

— En Portland.

— Bien.

— O en Tor Bay.

— Mejor.

— Su humbre de usted puede estarse quieto.

— Egurraldia gaïztoa*?

— Oui.

— Blasquito ne viendrait pas si vite, mais il viendrait.

— D'où viendra-t-il ?

— De Bilbao.

— Où ira-t-il ?

— A Portland.

— C'est bien.

— Ou à Tor Bay.

— C'est mieux.

— Votre homme peut être tranquille.

* Basque. Mauvais temps.

— No traidor sera, el Blasquito?

— Los cobardes son traidores. Somos valientes. El mar es la iglesia del invierno. La traicion es la iglesia del infierno.

— No se entiende a lo que dicemos?

— Escuchar a nosotros y mirar a nosotros es imposible. La espanta hace alli el desierto.

— Lo sè.

— Quien se atraversaria a escuchar?

— Es verdad.

— Y escucharian que no entiendrian. Hablamos a una lengua fiera ¡y nuestra que no se conoce. Despues que la sabeis, creis con nosotros.

— Blasquito ne trahira pas?

— Les lâches sont les traîtres. Nous sommes des vaillants. La mer est l'église de l'hiver. La trahison est l'église de l'enfer.

— Personne n'entend ce que nous disons?

— Nous écouter et nous regarder est impossible. L'épouvante fait ici le désert.

— Je le sais.

— Qui oserait se hasarder à nous écouter?

— C'est vrai.

— D'ailleurs on 'écouterait qu'on ne comprendrait pas. Nous parlons une farouche langue à nous que personne ne connaît. Puisque vous la savez, c'est que vous êtes des nôtres.

— Soy venido para componer las haciendas con ustedes.

— Bueno.

— Y ahora me voy.

— Mucho.

— Digame usted, hombre. Si el pasagero quiere que el Blasquito le lleve en ninguna otra parte que Portland o Tor Bay?

— Tenga onces.

— El Blasquito hara lo que querra el hombre?

— El Blasquito hace lo que quieren las onces.

— Es menester mucho tiempo para ir en Tor Bay?

— Je suis venu pour prendre des arrangements avec vous.

— C'est bon.

— Maintenant je m'en vais.

— Soit.

— Dites-moi, si le passager veut que Blasquito le conduise ailleurs qu'à Portland ou à Tor Bay?

— Qu'il ait des onces*.

— Blasquito fera-t-il ce que l'homme voudra?

— Blasquito fera ce que les onces voudront.

— Faut-il beaucoup de temps pour aller à Tor Bay?

---

* Des quadruples.

— Como quiere el viento.

— Ocho horas?

— Menos, o mas.

— El Blasquito obedecera al pasagero?

— Si le obedece el mar a el Blasquito.

— Bien pagado sera.

— El oro es el oro. El viento es el viento.

— Mucho.

— El hombre hace lo que puede con el oro. Dios con el viento hace lo que quiere.

— Aqui sera viernes el que desea marcharse con Blasquito.

— Pues.

— Comme il plaît au vent.

— Huit heures?

— Moins ou plus.

— Blasquito obéira-t-il à son passager?

— Si la mer obéit à Blasquito.

— Il sera bien payé.

— L'or est l'or. Le vent est le vent.

— C'est juste.

— L'homme avec l'or fait ce qu'il peut. Dieu avec le vent fait ce qu'il veut.

— L'homme qui compte partir avec Blasquito sera ici vendredi.

— Bien.

-- A qual momento llega Blasquito ?

-- A la noche. A la noche se llega, a la noche se marcha. Tenemos una muger quien se llama el mar, y una hermana quien se llama la noche. La muger puede faltar, la hermana no.

-- Todo dicho esta. Abour, hombres.

-- Buenas tardes. Un golpe de aquardiente?

-- Gracias.

-- Es mejor que xarope.

-- Tengo vuestra palabra.

-- Mi nombre es Pundonor.

-- Sea usted con Dios.

-- Ereis gentleman y soy caballero.

-- A quel moment arrive Blasquito?

-- A la nuit. On arrive la nuit. On part la nuit. Nous avons une femme qui s'appelle la Mer, et une sœur qui s'appelle la Nuit. La femme trompe quelquefois ; la sœur jamais.

-- Tout est convenu. Adieu, hommes.

-- Bonsoir. Un coup d'eau-de-vie?

-- Merci.

-- C'est meilleur que du sirop.

-- J'ai votre parole.

-- Mon nom est Point-d'honneur.

-- Adieu.

-- Vous êtes gentilhomme et je suis chevalier.

Il était clair que des diables seuls pouvaient parler ainsi. Les enfants n'en écoutèrent pas davantage, et cette fois prirent la fuite pour de bon, le petit français, enfin convaincu, courant plus vite que les autres.

Le mardi qui suivit ce samedi, sieur Clubin était de retour à Saint-Malo, ramenant la Durande.

Le *Tamaulipas* était toujours en rade.

Sieur Clubin, entre deux bouffées de pipe, demanda à l'aubergiste de l'Auberge Jean :

— Eh bien, quand donc part-il, ce *Tamaulipas ?*

— Après-demain jeudi, répondit l'aubergiste.

Ce soir-là, Clubin soupa à la table des gardes-côtes, et, contre son habitude, sortit après son souper. Il résulta de cette sortie qu'il ne put tenir le bureau de la Durande, et qu'il manqua à peu près son chargement. Cela fut remarqué d'un homme si exact.

Il paraît qu'il causa quelques instants avec son ami le changeur.

Il rentra deux heures après que Noguette eut sonné le couvre-feu. La cloche brésilienne sonne à dix heures. Il était donc minuit.

VI

LA JACRESSARDE

Il y a quarante ans, Saint-Malo possédait une ruelle dite la ruelle Coutanchez. Cette ruelle n'existe plus, ayant été comprise dans les embellissements.

C'était une double rangée de maisons de bois penchées les unes vers les autres, et laissant entre elles assez de place pour un ruisseau qu'on appelait la rue. On marchait les jambes écartées des deux côtés de l'eau, en heurtant de la tête ou du coude les maisons de droite et de gauche.' Ces vieilles baraques du moyen âge normand ont des profils presque humains. De masure à sorcière il n'y a pas loin. Leurs étages rentrants, leurs surplombs, leurs auvents circonflexes et leurs broussailles de ferrailles simulent des lèvres, des mentons, des nez et des sourcils. La lucarne est l'œil, borgne. La joue c'est la muraille, ridée et dartreuse. Elles se touchent du front comme si elles complotaient un mauvais coup. Tous ces mots de l'ancienne civilisation, coupe-gorge, coupe-trogne, coupe-gueule, se rattachent à cette architecture.

Une des maisons de la ruelle Coutanchez, la plus grande, la plus fameuse ou la plus famée, se nommait la Jacressarde.

La Jacressarde était le logis de ceux qui ne logent pas. Il y a, dans toutes les villes, et particulièrement dans les ports de mer, au-dessous de la population, un résidu. Des gens sans aveu, à ce point que souvent la justice elle-même ne parvient pas à leur en arracher un, des écumeurs d'aventures, des chasseurs d'expédients, des chimistes de l'espèce escroc, remettant toujours la vie au creuset, toutes les formes du haillon et toutes les manières de le porter, les fruits secs de l'im-

probité, les existences en banqueroute, les consciences qui ont déposé leur bilan, ceux qui ont
avorté dans l'escalade et le bris de clôture (car
les grands faiseurs d'effractions planent et restent
en haut), les ouvriers et les ouvrières du mal, les
drôles et les drôlesses, les scrupules déchirés et
les coudes percés, les coquins aboutis à l'indigence,
les méchants mal récompensés, les vaincus du duel
social, les affamés qui ont été les dévorants, les
gagne-petit du crime, les gueux, dans la double
et lamentable acception du mot; tel est le person-
nel. L'intelligence humaine est là, bestiale. C'est
le tas d'ordure des âmes. Cela s'amasse dans un
coin, où passe de temps en temps ce coup de balai
qu'on nomme une descente de police. A Saint-Malo
la Jacressarde était ce coin.

Ce qu'on trouve dans ces repaires, ce ne sont
pas les forts criminels, les bandits, les escarpes,
les grands produits de l'ignorance et de l'indigence.
Si le meurtre y est représenté, c'est par quelque
ivrogne brutal; le vol n'y dépasse point le filou.
C'est plutôt le crachat de la société que son vo-
missement. Le truand, oui; le brigand, non. Pourtant il ne faudrait pas s'y fier. Ce dernier étage des

bohèmes peut avoir des extrémités scélérates. Une
fois, en jetant le filet sur l'Épi-scié qui était pour
Paris ce que la Jacressarde était pour Saint-Malo,
la police prit Lacenaire.

Ces gîtes admettent tout. La chute est un nivel-
lement. Quelquefois l'honnêteté qui se déguenille
tombe là. La vertu et la probité ont, cela s'est vu,
des aventures. Il ne faut, d'emblée, ni estimer les
Louvres ni mépriser les bagnes. Le respect public
de même que la réprobation universelle, veulent
être épluchés. On y a des surprises. Un ange dans
le lupanar, une perle dans le fumier, cette sombre
et éblouissante trouvaille est possible.

La Jacressarde était plutôt une cour qu'une
maison, et plutôt un puits qu'une cour. Elle n'avait
point d'étage sur la rue. Un haut mur percé d'une
porte basse était sa façade. On levait le loquet, on
poussait la porte, on était dans une cour.

Au milieu de cette cour, on apercevait un trou
rond, entouré d'une marge de pierre au niveau du
sol. C'était un puits. La cour était petite, le puits
était grand. Un pavage défoncé encadrait la mar-
gelle.

La cour, carrée, était bâtie de trois côtés. Du

côté de la rue, rien ; mais en face de la porte, et à droite et à gauche, il y avait du logis.

Si, après la nuit tombée, on entrait là, un peu à ses risques et périls, on entendait comme un bruit d'haleines mêlées, et, s'il y avait assez de lune ou d'étoiles pour donner forme aux linéaments obscurs qu'on avait sous les yeux, voici ce qu'on voyait :

La cour. Le puits. Autour de la cour, vis-à-vis la porte, un hangar figurant une sorte de fer à cheval qui serait carré, galerie vermoulue, tout ouverte, à plafond de solives, soutenue par des piliers de pierre inégalement espacés ; au centre, le puits ; autour du puits, sur une litière de paille, et faisant comme un chapelet circulaire, des semelles droites, des dessous de bottes éculées, des orteils passant par des trous de souliers, et force talons nus, des pieds d'homme, des pieds de femme, des pieds d'enfant. Tous ces pieds dormaient.

Au delà de ces pieds, l'œil, en s'enfonçant dans la pénombre du hangar, distinguait des corps, des formes, des têtes assoupies, des allongements inertes, des guenilles des deux sexes, une promiscuité dans du fumier, on ne sait quel sinistre gisement humain. Cette chambre à coucher était à tout

le monde. On y payait deux sous par semaine. Les
pieds touchaient le puits. Dans les nuits d'orage,
il pleuvait sur ces pieds; dans les nuits d'hiver, il
neigeait sur ces corps.

Qu'était-ce que ces êtres? Les inconnus. Ils
venaient là le soir et s'en allaient le matin. L'ordre
social se complique de ces larves. Quelques-uns
se glissaient pour une nuit et ne payaient pas. La
plupart n'avaient point mangé de la journée. Tous
les vices, toutes les abjections, toutes les infec-
tions, toutes les détresses; le même sommeil d'ac-
cablement sur le même lit de boue. Les rêves de
toutes ces âmes faisaient bon voisinage. Rendez-
vous funèbre où remuaient et s'amalgamaient dans
le même miasme les lassitudes, les défaillances,
les ivresses cuvées, les marches et contre-marches
d'une journée sans un morceau de pain et sans une
bonne pensée, les lividités à paupières closes, des
remords, des convoitises, des chevelures mêlées
de balayures, des visages qui ont le regard de la
mort, peut-être des baisers de bouches de ténèbres. Cette putridité humaine fermentait dans cette
cuve. Ils étaient jetés dans ce gîte par la fatalité,
par le voyage, par le navire arrivé la veille, par

une sortie de prison, par la chance, par la nuit.
Chaque jour la destinée vidait là sa hotte. Entrait
qui voulait, dormait qui pouvait, parlait qui osait.
Car c'était un lieu de chuchotement. On se hâtait
de se mêler. On tâchait de s'oublier dans le sommeil, puisqu'on ne peut se perdre dans l'ombre. On
prenait de la mort ce qu'on pouvait. Ils fermaient
les yeux dans cette agonie pêle-mêle recommen-
çant tous les soirs. D'où sortaient-ils? de la société,
étant la misère; de la vague, étant l'écume.

N'avait point de la paille qui voulait. Plus
d'une nudité traînait sur le pavé; ils se couchaient
éreintés; ils se levaient ankylosés. Le puits, sans
parapet et sans couvercle, toujours béant, avait
trente pieds de profondeur. La pluie y tombait,
les immondices y suintaient, tous les ruissellements
de la cour y filtraient. Le seau pour tirer l'eau
était à côté. Qui avait soif, y buvait. Qui avait
ennui, s'y noyait. Du sommeil dans le fumier on
glissait à ce sommeil-là. En 1849, on en retira un
enfant de quatorze ans.

Pour ne point courir de danger dans cette maison, il fallait être « de la chose ». Les laïques
étaient mal vus.

Ces êtres se connaissaient-ils entre eux ? Non. Ils se flairaient.

Une femme était la maîtresse du logis, jeune, assez jolie, coiffée d'un bonnet à rubans, débarbouillée quelquefois avec l'eau du puits, ayant une jambe de bois.

Dès l'aube, la cour se vidait ; les habitués s'envolaient.

Il y avait dans la cour un coq et des poules, grattant le fumier tout le jour. La cour était traversée par une poutre horizontale sur poteaux, figure d'un gibet pas trop dépaysée là. Souvent, le lendemain des soirées pluvieuses, on voyait sécher sur cette poutre une robe de soie mouillée et crottée, qui était à la femme jambe de bois.

Au-dessus du hangar, et, comme lui, encadrant la cour, il y avait un étage, et au-dessus de l'étage un grenier. Un escalier de bois pourri trouant le plafond du hangar menait en haut ; échelle branlante gravie bruyamment par la femme chancelante.

Les locataires de passage, à la semaine ou à la nuit, habitaient la cour ; les locataires à demeure habitaient la maison.

Des fenêtres, pas un carreau ; des chambranles,

pas une porte ; des cheminées, pas un foyer ; c'était la maison. On passait d'une chambre dans l'autre indifféremment par un trou carré long qui avait été la porte ou par une baie triangulaire qui était l'entre-deux des solives de la cloison. Les plâtrages tombés couvraient le plancher. On ne savait comment tenait la maison. Le vent la remuait. On montait comme on pouvait sur le glissement des marches usées de l'escalier. Tout était à claire-voie. L'hiver entrait dans la masure comme l'eau dans une éponge. L'abondance des araignées rassurait contre l'écroulement immédiat. Aucun meuble. Deux ou trois paillasses dans des coins, ventre ouvert, montrant plus de cendre que de paille. Çà et là une cruche et une terrine, servant à divers usages. Une odeur douce et hideuse.

Des fenêtres on avait vue sur la cour. Cette vue ressemblait à un dessus de tombereau de boueux. Les choses, sans compter les hommes, qui pourrissaient là, qui s'y rouillaient, qui y moisissaient, étaient indescriptibles. Les débris fraternisaient ; il en tombait des murailles, il en tombait des créatures. Les loques ensemençaient les décombres.

Outre sa population flottante, cantonnée dans la

cour, la Jacressarde avait trois locataires; un charbonnier, un chiffonnier et un faiseur d'or. Le charbonnier et le chiffonnier occupaient deux des paillasses du premier; le faiseur d'or, chimiste, logeait
au grenier, qu'on appelait, on ne sait pourquoi, le
galetas. On ignorait dans quel coin couchait la
femme. Le faiseur d'or était un peu poète. Il habitait dans le toit, sous les tuiles, une char... ure où il
y avait une lucarne étroite et une grande cheminée
de pierre, gouffre à faire mugir le vent. La lucarne
n'ayant pas de châssis, il avait cloué dessus un
morceau de feuillard provenant d'une déchirure
de navire. Cette tôle laissait passer peu de jour et
beaucoup de froid. Le charbonnier payait d'un sac
de charbon de temps en temps, le chiffonnier payait
d'un setier de grain aux poules par semaine, le
faiseur d'or ne payait pas. En attendant il brûlait
la maison. Il avait arraché le peu qu'il y avait de
boiserie, et à chaque instant il tirait du mur ou du
toit une latte pour faire chauffer sa marmite à or.
Sur la cloison, au-dessus du grabat du chiffonnier,
on voyait deux colonnes de chiffres à la craie, tra-
cées par le chiffonnier semaine à semaine, une
colonne de 3 et une colonne de 5, selon que le

setier de grain coûtait trois liards ou cinq centimes.
La marmite à or du « chimiste » était une vieille
bombe cassée, promue par lui chaudière, où il
combinait des ingrédients. La transmutation l'ab-
sorbait. Quelquefois il en parlait dans la cour aux
va-nu-pieds, qui en riaient. Il disait : *Ces gens-là
sont pleins de préjugés.* Il était résolu à ne pas
mourir sans jeter la pierre philosophale dans les
vitres de la science. Son fourneau mangeait beaucoup de bois. La rampe de l'escalier y avait dis-
paru. Toute la maison y passait, à petit feu.
L'hôtesse lui disait : Vous ne me laisserez que la
coque. Il la désarmait en lui faisant des vers.

Telle était la Jacressarde.

Un enfant, qui était peut-être un nain, âgé de
douze ans ou de soixante ans, goîtreux, ayant un
balai à la main, était le domestique.

Les habitués entraient par la porte de la cour;
le public entrait par la boutique.

Qu'était-ce que la boutique?

Le haut mur faisant façade sur la rue était percé,
à droite de l'entrée de la cour, d'une baie en
équerre à la fois porte et fenêtre, avec volet et
châssis, le seul volet dans toute la maison qui

eût des gonds et des verrous, le seul châssis qui
eût des vitres, Derrière cette devanture, ouverte
sur la rue, il y avait une petite chambre, compartiment pris sur le hangar-dortoir. On lisait sur la
porte de la rue cette inscription charbonnée : *Ici
on tient la curiosité.* Le mot était dès lors usité.
Sur trois planches s'appliquant en étagère au vi-
trage, on apercevait quelques pots de faïence sans
anse, un parasol chinois en baudruche à figures,
crevé çà et là, impossible à ouvrir et à fermer,
des tessons de fer ou de grès informes, des chapeaux d'homme et de femme effondrés, trois ou
quatre coquilles d'ormers, quelques paquets de
vieux boutons d'os et de cuivre, une tabatière
avec portrait de Marie-Antoinette, et un volume
dépareillé de l'algèbre de Boisbertrand. C'était la
boutique. Cet assortiment était « la curiosité ».
La boutique communiquait, par une arrière-porte,
avec la cour où était le puits. Il y avait une table
et un escabeau. La femme à la jambe de bois
était la dame de comptoir.

VII

ACHETEURS NOCTURNES ET VENDEUR TÉNÉBREUX

Clubin avait été absent de l'Auberge Jean le mardi toute la soirée ; il le fut encore le mercredi soir.

Ce soir-là, à la brune, deux hommes s'engagèrent dans la ruelle Coutanchez ; ils s'arrêtèrent devant la Jacressarde. L'un d'eux cogna à la vitre. La porte de la boutique s'ouvrit. Ils entrèrent. La femme à la jambe de bois leur fit le sourire réservé aux bourgeois. Il y avait une chandelle sur la table.

Ces hommes étaient deux bourgeois en effet.

Celui des deux qui avait cogné dit : Bonjour, la femme. Je viens pour la chose.

La femme jambe de bois fit un deuxième sourire et sortit par l'arrière-porte, qui donnait sur la cour au puits. Un moment après, l'arrière-porte se rouvrit, et un homme se présenta dans l'entrebâillement. Cet homme avait une casquette et une blouse, et la saillie d'un objet sous sa blouse. Il avait des brins de paille dans les plis de sa blouse et le regard de quelqu'un qu'on vient de réveiller.

Il avança. On se regarda. L'homme en blouse avait l'air ahuri et fin. Il dit :

— C'est vous l'armurier ?

Celui qui avait cogné répondit :

— Oui. C'est vous le Parisien ?

— Dit Peaurouge. Oui.

— Montrez.

— Voici.

L'homme tira de dessous sa blouse un engin fort rare en Europe à cette époque, un revolver.

Ce revolver était neuf et brillant. Les deux

bourgeois l'examinèrent. Celui qui semblait connaître la maison et que l'homme en blouse avait qualifié « l'armurier » fit jouer le mécanisme. Il passa l'objet à l'autre, qui paraissait être moins de la ville et qui se tenait le dos tourné à la lumière.

L'armurier reprit :

— Combien?

L'homme en blouse répondit :

— J'arrive d'Amérique avec. Il y a des gens qui apportent des singes, des perroquets, des bêtes, comme si les français étaient des sauvages. Moi j'apporte ça. C'est une invention utile.

— Combien? repartit l'armurier.

— C'est un pistolet qui fait le moulinet.

— Combien ?

— Paf. Un premier coup. Paf. Un deuxième coup. Paf... une grêle, quoi ! Ça fait de la besogne.

— Combien?

— Il y a six canons.

— Eh bien, combien ?

— Six canons, c'est six louis.

— Voulez-vous cinq louis?

— Impossible. Un louis par balle. C'est le prix.

— Voulons-nous faire affaire? soyons raison-
nable.

— J'ai dit le prix juste. Examinez-moi ça, monsieur l'arquebusier.

— J'ai examiné.

— Le moulinet tourne comme monsieur Talley-
rand. On pourrait mettre ce moulinet-là dans le
Dictionnaire des girouettes. C'est un bijou.

— Je l'ai vu.

— Quant aux canons, c'est de forge espagnole.

— Je l'ai remarqué.

— C'est rubané. Voici comment ça se confec-
tionne, ces rubans-là. On vide dans la forge la
hotte d'un chiffonnier en vieux fer. On prend tout
plein de vieille ferraille, des vieux clous de maré-
chal, des fers à cheval cassés...

— Et de vieilles lames de faux.

— J'allais le dire, monsieur l'armurier. On vous
fiche à tout ce bric-à-brac une bonne chaude
suante, et ça vous fait une magnifique étoffe de
fer...

— Oui, mais qui peut avoir des crevasses, des
éventures, des travers.

— Pardine. Mais on remédie aux travers par

des petites queues-d'aronde, de même qu'on évite le risque des doublures en battant ferme. On corroie son étoffe de fer au gros marteau, on lui flanque deux autres chaudes suantes; si le fer a été surchauffé, on le rétablit par des chaudes grasses, et à petits coups. Et puis on étire l'étoffe, et puis on 'a roule bien sur la chemise, et avec ce fer-là, fichtre ! on vous fait ces canons-là.

— Vous êtes donc du métier?

— Je suis de tous les métiers.

— Les canons sont couleur d'eau.

— C'est une beauté, monsieur l'armurier. Ça s'obtient avec du beurre d'antimoine.

— Nous disons donc que nous allons vous payer cela cinq louis?

— Je me permets de faire observer à monsieur que j'ai eu l'honneur de dire six louis.

L'armurier baissa la voix.

— Écoutez, Parisien. Profitez de l'occasion. Défaites-vous de ça. Ça ne vaut rien pour vous autres, une arme comme ça. Ça fait remarquer un homme.

— En effet, dit Parisien, c'est un peu voyant. C'est meilleur pour un bourgeois.

— Voulez-vous cinq louis?

— Non, six. Un par trou.

— Eh bien, six napoléons.

— Je veux six louis.

— Vous n'êtes donc pas bonapartiste? vous préférez un louis à un napoléon!

Parisien dit Peaurouge sourit.

— Napoléon vaut mieux, dit-il, mais Louis vaut plus.

— Six napoléons.

— Six louis. C'est pour moi une différence de vingt-quatre francs.

— Pas d'affaire en ce cas.

— Soit. Je garde le bibelot.

— Gardez-le.

— Du rabais! par exemple! il ne sera pas dit que je me serai défait comme ça d'une chose qui est une invention.

— Bonsoir, alors.

— C'est un progrès sur le pistolet, que les Indiens chesapeakes appellent Nortay-u-Hah.

— Cinq louis payés comptant, c'est de l'or.

— Nortay-u-Hah, cela veut dire *Fusil-Court*. Beaucoup de personnes ignorent cela.

— Voulez-vous cinq louis, et un petit écu de rabiot?

— Bourgeois, j'ai dit six.

L'homme qui tournait le dos à la chandelle et qui n'avait pas encore parlé faisait pendant ce dialogue pivoter le mécanisme. Il s'approcha de l'oreille de l'armurier et lui chuchota :

— L'objet est-il bon?

— Excellent.

— Je donne les six louis.

Cinq minutes après, pendant que Parisien dit Peaurouge serrait dans une fente secrète sous l'aisselle de sa blouse les six louis d'or qu'il venait de recevoir, l'armurier et l'acheteur emportant dans la poche de son pantalon le revolver sortaient de la ruelle Coutanchez.

VIII

CARAMBOLAGE DE LA BILLE ROUGE
ET DE LA BILLE NOIRE

Le lendemain, qui était le jeudi, à peu de distance de Saint-Malo, près de la pointe du Décollé,
à un endroit où la falaise est haute et où la mer
est profonde, il se passa une chose tragique.

Une langue de rochers en forme de fer de
lance qui se relie à la terre par un isthme étroit,
se prolonge dans l'eau et s'y achève brusquement
par un grand brisant à pic, rien n'est plus fréquent

dans l'architecture de la mer. Pour arriver, en
venant du rivage, au plateau de la roche à pic, on
suit un plan incliné dont la montée est quelquefois
assez âpre.

C'est sur un plateau de ce genre qu'était debout
vers quatre heures du soir un homme enveloppé
dans une large cape d'ordonnance et probablement armé dessous, chose facile à reconnaître à
de certains plis droits et anguleux de son manteau.
Le sommet où se tenait cet homme était une plate-
forme assez vaste semée de gros cubes de roche
pareils à des pavés démesurés, et laissant entre
eux des passages étroits. Cette plate-forme, où
croissait une petite herbe épaisse et courte, se
terminait du côté de la mer par un espace libre,
aboutissant à un escarpement vertical. L'escarpement, élevé d'une soixantaine de pieds au-dessus
de la haute mer, semblait taillé au fil à plomb.
Son angle de gauche pourtant se ruinait et offrait
un de ces escaliers naturels propres aux falaises de
granit, dont les marches peu commodes exigent
quelquefois des enjambées de géants ou des sauts
de clowns. Cette dégringolade de rochers descendait perpendiculairement jusqu'à la mer et s'y en-

fonçait. C'était à peu près un casse-cou. Cependant, à la rigueur, on pouvait par là s'aller embarquer sous la muraille même de la falaise.

La brise soufflait. L'homme, serré dans sa cape, ferme sur ses jarrets, la main gauche empoignant son coude droit, clignait un œil et appuyait l'autre sur une longue-vue. Il semblait absorbé dans une attention sérieuse. Il s'était approché du bord de l'escarpement, et il se tenait là immobile, le regard imperturbablement attaché sur l'horizon. La marée était pleine. Le flot battait au-dessous de lui le bas de la falaise.

Ce que cet homme observait, c'était un navire au large qui faisait en effet un jeu singulier.

Ce navire, qui venait de quitter depuis une heure à peine le port de Saint-Malo, s'était arrêté derrière les Banquetiers. C'était un trois-mâts. Il n'avait pas jeté l'ancre, peut-être parce que le fond ne lui eût permis d'abattre que sur le bord du câble, et parce que le navire eût serré son ancre sous le taille-mer. Il s'était borné à mettre en panne.

L'homme, qui était un garde-côte, comme le faisait voir sa cape d'uniforme, épiait toutes les manœuvres du trois-mâts et semblait en prendre note mentalement. Le navire avait mis en panne vent dessus vent dedans; ce qu'indiquaient le petit hunier coiffé et le vent laissé dans le grand hunier; il avait bordé l'artimon et orienté le perroquet de fougue au plus près, de façon à contrarier les voiles les unes par les autres, et à avoir peu d'arrivée et moins de dérive. Il ne se souciait point de se présenter beaucoup au vent, car il n'avait brassé le petit hunier que perpendiculairement à la quille. De cette façon, tombant en travers, il ne dérivait au plus que d'une demi-lieue à l'heure.

Il faisait encore grand jour, surtout en pleine mer et sur le haut de la falaise. Le bas des côtes devenait obscur.

Le garde-côte, tout à sa besogne et espionnant consciencieusement le large, n'avait pas songé à scruter le rocher à côté et au-dessous de lui. Il tournait le dos à l'espèce d'escalier peu praticable qui mettait en communication le plateau de la falaise et la mer. Il ne remarquait pas que quelque chose y remuait. Il y avait dans cet escalier, derrière une anfractuosité, quelqu'un, un homme,

caché là, selon toute apparence, avant l'arrivée
du garde-côte. De temps en temps, dans l'ombre,
une tête sortait de dessous la roche, regardait en
haut, et guettait le guetteur. Cette tête, coiffée
d'un large chapeau américain, était celle de
l'homme, du quaker, qui, une dizaine de jours
auparavant, parlait, dans les pierres du Petit-Bey,
au capitaine Zuela.

Tout à coup l'attention du garde-côte parut
redoubler. Il essuya rapidement du drap de sa
manche le verre de sa longue-vue et la braqua
avec énergie sur le trois-mâts.

Un point noir venait de s'en détacher.

Ce point noir, semblable à une fourmi sur la
mer, était une embarcation.

L'embarcation semblait vouloir gagner la terre.
Quelques marins la montaient, ramant vigoureuse-
ment.

Elle obliquait peu à peu et se dirigeait vers la
pointe du Décollé.

Le guet du garde-côte était arrivé à son plus
haut degré de fixité. Il ne perdait pas un mouvement de l'embarcation. Il s'était rapproché plus
près encore de l'extrême bord de la falaise.

En ce moment un homme de haute stature, le
quaker, surgit derrière le garde-côte au haut de
l'escalier. Le guetteur ne le voyait pas.

Cet homme s'arrêta un instant, les bras pen-
dants et les poings crispés, et, avec l'œil d'un
chasseur qui vise, il regarda le dos du garde-
côte.

Quatre pas seulement le séparaient du garde-
côte ; il mit un pied en avant, puis s'arrêta ; il fit
un second pas, et s'arrêta encore ; il ne faisait
point d'autre mouvement que de marcher, tout le
reste de son corps était statue ; son pied s'appuyait
sur l'herbe sans bruit ; il fit le troisième pas, et
s'arrêta ; il touchait presque le garde-côte, toujours
immobile avec sa longue-vue. L'homme ramena
lentement ses deux mains fermées à la hauteur de
ses clavicules, puis, brusquement, ses avant-bras
s'abattirent, et ses deux poings, comme lâchés
par une détente, frappèrent les deux épaules du
garde-côte. Le choc fut sinistre. Le garde-côte
n'eut pas le temps de jeter un cri. Il tomba la
tête la première du haut de la falaise dans la mer.
On vit ses deux semelles le temps d'un éclair. Ce
fut une pierre dans l'eau. Tout se referma.

Deux ou trois grands cercles se firent dans l'eau sombre.

Il ne resta que la longue-vue échappée des mains du garde-côte et tombée à terre sur l'herbe.

Le quaker se pencha sur le bord de l'escarpement, regarda les cercles s'effacer dans le flot, attendit quelques minutes, puis se redressa en chantant entre ses dents :

> Monsieur d'la Police est mort
> En perdant la vie.

Il se pencha une seconde fois. Rien ne reparut. Seulement, à l'endroit où le garde-côte s'était englouti, il s'était formé à la surface de l'eau une sorte d'épaisseur brune qui s'élargissait sur le balancement de la lame. Il était probable que le garde-côte s'était brisé le crâne sur quelque roche sous-marine. Son sang remontait et faisait cette tache dans l'écume. Le quaker, tout en considérant cette flaque rougeâtre, reprit :

> Un quart d'heure avant sa mort,
> Il était encore...

Il n'acheva pas.

Il entendit derrière lui une voix très-douce qui disait :

— Vous voilà, Rantaine. Bonjour. Vous venez de tuer un homme.

Il se retourna, et vit à une quinzaine de pas en arrière de lui, à l'issue d'un des entre-deux des rochers, un petit homme qui avait un revolver à la main.

Il répondit :

— Comme vous voyez. Bonjour, sieur Clubin.

Le petit homme eut un tressaillement.

— Vous me reconnaissez ?

— Vous m'avez bien reconnu, repartit Rantaine.

Cependant on entendait un bruit de rames sur la mer. C'était l'embarcation observée par le garde-côte, qui approchait.

Sieur Clubin dit à demi-voix, comme se parlant à lui-même :

— Cela a été vite fait.

— Qu'y a-t-il pour votre service ? demanda Rantaine.

— Pas grand'chose. Voilà tout à l'heure dix ans que je ne vous ai vu. Vous avez dû faire de bonnes affaires. Comment vous portez-vous ?

— Bien, dit Rantaine. Et vous ?

— Très-bien, répondit sieur Clubin.

Rantaine fit un pas vers sieur Clubin.

Un petit coup sec arriva à son oreille. C'était sieur Clubin qui armait le revolver.

— Rantaine, nous sommes à quinze pas. C'est une bonne distance. Restez où vous êtes.

— Ah çà, fit Rantaine, qu'est-ce que vous me voulez ?

— Moi, je viens causer avec vous.

Rantaine ne bougea plus. Sieur Clubin reprit :

— Vous venez d'assassiner un garde-côte.

Rantaine souleva le bord de son chapeau et répondit :

— Vous m'avez déjà fait l'honneur de me le dire.

— En termes moins précis. J'avais dit : un homme ; je dis maintenant : un garde-côte. Ce garde-côte portait le numéro six cent dix-neuf. Il était père de famille. Il laisse une femme et cinq enfants.

— Ça doit être, dit Rantaine.

Il y eut un imperceptible temps d'arrêt.

— Ce sont des hommes de choix, ces gardes-côtes, fit Clubin, presque tous d'anciens marins.

— J'ai remarqué, dit Rantaine, qu'en général on laisse une femme et cinq enfants.

Sieur Clubin continua :

— Devinez combien m'a coûté ce revolver.

— C'est une jolie pièce, répondit Rantaine.

— Combien l'estimez-vous ?

— Je l'estime beaucoup.

— Il m'a coûté cent quarante-quatre francs.

— Vous avez dû acheter ça, dit Rantaine, à la boutique d'armes de la rue Coutanchez.

Clubin reprit :

— Il n'a pas crié. La chute coupe la voix.

— Sieur Clubin, il y aura de la brise cette nuit.

— Je suis seul dans le secret.

— Logez-vous toujours à l'Auberge Jean? demanda Rantaine.

— Oui, on n'y est pas mal.

— Je me rappelle y avoir mangé de bonne choucroute.

— Vous devez être excessivement fort, Rantaine. Vous avez des épaules ! Je ne voudrais pas recevoir une chiquenaude de vous. Moi, quand je

suis venu au monde, j'avais l'air si chétif qu'on ne
savait pas si on réussirait à m'élever.

— On y a réussi, c'est heureux.

— Oui, je loge toujours à cette vieille Auberge
Jean.

— Savez-vous, sieur Clubin, pourquoi je vous
ai reconnu? C'est parce que vous m'avez reconnu.
J'ai dit : Il n'y a pour cela que Clubin.

Et il avança d'un pas.

— Replacez-vous où vous étiez, Rantaine.

Rantaine recula et fit cet aparté :

— On devient un enfant devant ces machins-là.

Sieur Clubin poursuivit.

— Situation. Nous avons à droite, du côté de
Saint-Énogat, à trois cents pas d'ici, un autre
garde-côte, le numéro six cent dix-huit, qui est
vivant, et à gauche, du côté de Saint-Lunaire, un
poste de douanes. Cela fait sept hommes armés
qui peuvent être ici dans cinq minutes. Le rocher
sera cerné. Le col sera gardé. Impossible de
s'évader. Il y a un cadavre au pied de la
falaise.

Rantaine jeta un œil oblique sur le revolver.

— Comme vous dites, Rantaine. C'est une jolie

pièce. Peut-être n'est-il chargé qu'à poudre. Mais qu'est-ce que cela fait? Il suffit d'un coup de feu pour faire accourir la force armée. J'en ai six à tirer.

Le choc alternatif des rames devenait très-distinct. Le canot n'était pas loin.

Le grand homme regardait le petit homme, étrangement. Sieur Clubin parlait d'une voix de plus en plus tranquille et douce.

— Rantaine, les hommes du canot qui va arriver, sachant ce que vous venez de faire ici tout à l'heure, prêteraient main-forte et aideraient à vous arrêter. Vous payez votre passage dix mille francs au capitaine Zuela. Par parenthèse, vous auriez eu meilleur marché avec les contrebandiers de Plainmont; mais ils ne vous auraient mené qu'en Angleterre, et d'ailleurs vous ne pouvez risquer d'aller à Guernesey où l'on a l'honneur de vous connaître. Je reviens à la situation. Si je fais feu, on vous arrête. Vous payez à Zuela votre fugue dix mille francs. Vous lui avez donné cinq mille francs d'avance. Zuela garderait les cinq mille francs, et s'en irait. Voilà. Rantaine, vous êtes bien affublé. Ce chapeau, ce drôle d'habit et ces

guêtres vous changent. Vous avez oublié les lu-
nettes. Vous avez bien fait de laisser pousser vos
favoris.

Rantaine fit un sourire assez semblable à un
grincement. Clubin continua :

— Rantaine, vous avez une culotte américaine
à gousset double. Dans l'un il y a votre montre.
Gardez-la.

— Merci, sieur Clubin.

— Dans l'autre il y a une petite boîte de fer
battu qui ouvre et ferme à ressort. C'est une ancienne tabatière à matelot. Tirez-la de votre gousset, et jetez-la moi.

— Mais c'est un vol!

— Vous êtes libre de crier à la garde.

Et Clubin regarda fixement Rantaine.

— Tenez, mess Clubin..., dit Rantaine faisant
un pas, et tendant sa main ouverte.

Mess était une flatterie.

— Restez où vous êtes, Rantaine.

— Mess Clubin, arrangeons-nous. Je vous offre
moitié.

Clubin exécuta un croisement de bras d'où sortait le bout de son revolver.

— Rantaine, pour qui me prenez-vous? Je suis un honnête homme.

Et il ajouta après un silence :

— Il me faut tout.

Rantaine grommela entre ses dents : — Celui-ci est d'un fort gabarit.

Cependant l'œil de Clubin venait de s'allumer. Sa voix devint nette et coupante comme l'acier. Il s'écria :

— Je vois que vous vous méprenez. C'est vous qui vous appelez Vol, moi je m'appelle Restitution. Rantaine, écoutez. Il y a dix ans, vous avez quitté de nuit Guernesey en prenant dans la caisse d'une association cinquante mille francs qui étaient à vous, et en oubliant d'y laisser cinquante mille francs qui étaient à un autre. Ces cinquante mille francs volés par vous à votre associé, l'excellent et digne mess Lethierry, font aujourd'hui avec les intérêts composés pendant dix ans quatre-vingt mille six cent soixante-six francs soixante-six centimes. Hier vous êtes entré chez un changeur. Je vais vous le nommer, Rébuchet, rue Saint-Vincent. Vous lui avez compté soixante-seize mille francs en billets de banque français, contre lesquels il vous a donné trois bank-notes d'Angleterre de mille livres sterling chaque, plus l'appoint. Vous avez mis ces bank-notes dans la tabatière de fer, et la tabatière de fer dans votre gousset de droite. Ces trois mille livres sterling font soixante-quinze mille francs. Au nom de mess Lethierry, je m'en contenterai. Je pars demain pour Guernesey, et j'entends les lui porter. Rantaine, le trois-mâts qui est là en panne est le *Tamaulipas*. Vous y avez fait embarquer cette nuit vos malles mêlées aux sacs et aux valises de l'équipage. Vous voulez quitter la France. Vous avez vos raisons. Vous allez à Arequipa. L'embarcation vient vous chercher. Vous l'attendez ici. Elle arrive. On l'entend qui nage. Il dépend de moi de vous laisser partir ou de vous faire rester. Assez de paroles. Jetez-moi la tabatière de fer.

Rantaine ouvrit son gousset, en tira une petite boîte et la jeta à Clubin. C'était la tabatière de fer. Elle alla rouler aux pieds de Clubin.

Clubin se pencha sans baisser la tête et ramassa la tabatière de la main gauche, tenant dirigés sur Rantaine ses deux yeux et les six canons du revolver.

Puis il cria :

— Mon ami, tournez le dos.

Rantaine tourna le dos.

Sieur Clubin mit le revolver sous son aisselle, et fit jouer le ressort de la tabatière. La boîte s'ouvrit.

Elle contenait quatre bank-notes, trois de mille livres et une de dix livres.

Il replia les trois bank-notes de mille livres, les replaça dans la tabatière de fer, referma la boîte et la mit dans sa poche.

Puis il prit à terre un caillou. Il enveloppa ce caillou du billet de dix livres, et dit :

— Retournez-vous.

Rantaine se retourna.

Sieur Clubin reprit :

— Je vous ai dit que je me contenterais des trois mille livres. Voilà dix livres que je vous rends.

Et il jeta à Rantaine le billet lesté du caillou.

Rantaine, d'un coup de pied, lança la bank-note et le caillou dans la mer.

— Comme il vous plaira, fit Clubin. Allons, vous devez être riche. Je suis tranquille.

Le bruit de rames, qui s'était continuellement rapproché pendant ce dialogue, cessa. Cela indiquait que l'embarcation était au pied de la falaise.

— Votre fiacre est en bas. Vous pouvez partir, Rantaine.

Rantaine se dirigea vers l'escalier et s'y enfonça.

Clubin vint avec précaution au bord de l'escarpement, et, avançant la tête, le regarda descendre.

Le canot s'était arrêté près de la dernière marche de rochers, à l'endroit même où était tombé le garde-côte.

Tout en regardant dégringoler Rantaine, Clubin grommela :

— Bon numéro six cent dix-neuf! Il se croyait seul. Rantaine croyait n'être que deux. Moi seul savais que nous étions trois.

Il aperçut à ses pieds sur l'herbe la longue-vue qu'avait laissée tomber le garde-côte; il la ramassa.

Le bruit de rames recommença. Rantaine venait de sauter dans l'embarcation, et le canot prenait le large.

Quand Rantaine fut dans le canot, après les premiers coups d'aviron, la falaise commençant à s'éloigner derrière lui, il se dressa brusquement debout, sa face devint monstrueuse, il montra le poing en bas, et cria :

— Ha ! le diable lui-même est une canaille !

Quelques secondes après, Clubin, au haut de la falaise et braquant la longue-vue sur l'embarcation, entendait distinctement ces paroles articulées par une voix haute dans le bruit de la mer :

— Sieur Clubin, vous êtes un honnête homme ; mais vous trouverez bon que j'écrive à Lethierry pour lui faire part de la chose, et voici dans le canot un matelot de Guernesey qui est de l'équipage du *Tamaulipas,* qui s'appelle Ahier-Tostevin, qui reviendra à Saint-Malo au prochain voyage de Zuela, et qui témoignera que je vous ai remis . pour mess Lethierry la somme de trois mille livres . sterling.

C'était la voix de Rantaine.

Clubin était l'homme des choses bien faites. Immobile comme l'avait été le garde-côte, et à cette même place, l'œil dans la longue-vue, il ne quitta pas un instant le canot du regard. Il le vit décroître dans les lames, disparaître et reparaître, approcher le navire en panne, et l'accoster, et il put reconnaître la haute taille de Rantaine sur le pont du *Tamaulipas*.

Quand le canot fut remonté à bord et replacé dans les pistolets, le *Tamaulipas* fit servir. La brise montait de terre, il éventa toutes ses voiles, la lunette de Clubin demeura braquée sur cette silhouette de plus en plus simplifiée, et, une demi-heure après, le *Tamaulipas* n'était plus qu'une corne noire s'amoindrissant à l'horizon sur le ciel blême du crépuscule.

IX

RENSEIGNEMENT UTILE AUX PERSONNES QUI ATTENDENT, OU CRAIGNENT, DES LETTRES D'OUTRE-MER

Ce soir-là encore, sieur Clubin rentra tard.

Une des causes de son retard, c'est qu'avant de rentrer il était allé jusqu'à la porte Dinan où il y avait des cabarets. Il avait acheté, dans un de ces cabarets où il n'était pas connu, une bouteille d'eau-de-vie qu'il avait mise dans la large poche de sa vareuse comme s'il voulait l'y ca-

cher; puis, la Durande devant partir le lendemain matin, il avait fait un tour à bord pour
s'assurer que tout était en ordre.

Quand sieur Clubin rentra à l'Auberge Jean, il
n'y avait plus dans la salle basse que le vieux
capitaine au long cours, M. Gertrais-Gaboureau,
qui buvait sa chope et fumait sa pipe.

M. Gertrais-Gaboureau salua sieur Clubin entre
une bouffée et une gorgée.

— Good bye, capitaine Clubin.

— Bonsoir, capitaine Gertrais.

— Eh bien, voilà le *Tamaulipas* parti.

— Ah! dit Clubin, je n'y ai pas fait attention.

Le capitaine Gertrais-Gaboureau cracha et dit :

— Filé, Zuela.

— Quand ça donc?

— Ce soir.

— Où va-t-il?

— Au diable.

— Sans doute; mais où?

— A Arequipa.

— Je n'en savais rien, dit Clubin.

Il ajouta :

— Je vais me coucher.

Il alluma sa chandelle, marcha vers la porte,
et revint.

— Êtes-vous allé à Arequipa, capitaine Gertrais?

— Oui. Il y a des ans.

— Où relâche-t-on?

— Un peu partout. Mais ce *Tamaulipas* ne
relâchera point.

M. Gertrais-Gaboureau vida sur le bord d'une
assiette la cendre de sa pipe, et continua :

— Vous savez, le chasse-marée *Cheval-de-Troie*
et ce beau trois-mâts, le *Trentemouzin,* qui sont
allés à Cardiff. Je n'étais pas d'avis du départ à
cause du temps. Ils sont revenus dans un bel état.
Le chasse-marée était chargé de térébenthine, il
a fait eau, et en faisant jouer les pompes il a
pompé avec l'eau tout son chargement. Quant au
trois-mâts, il a surtout souffert dans les hauts;
la guibre, la poulaine, les minots, le jas de l'ancre
à bâbord, tout ça cassé. Le bout-dehors du grand
foc cassé au ras du chouque. Les haubans de focs
et les sous-barbes, va-t'en voir s'ils viennent. Le
mât de misaine n'a rien; il a eu cependant une
secousse sévère. Tout le fer du beaupré a manqué,

et, chose incroyable, le beaupré n'est que mâché, mais il est complétement dépouillé. Le masque du navire à bâbord est à jour trois bons pieds carrés. Voilà ce que c'est que de ne pas écouter le monde.

Clubin avait posé sa chandelle sur la table et s'était mis à repiquer un rang d'épingles qu'il avait dans le collet de sa vareuse. Il reprit:

— Ne disiez-vous pas, capitaine Gertrais, que le *Tamaulipas* ne relâchera point?

— Non. Il va droit au Chili.

— En ce cas il ne pourra pas donner de ses nouvelles en route.

— Pardon, capitaine Clubin. D'abord il peut remettre des dépêches à tous les bâtiments qu'il rencontre faisant voile pour Europe.

— C'est juste.

— Ensuite il a la boîte aux lettres de la mer.

— Qu'appelez-vous la boîte aux lettres de la mer?

— Vous ne connaissez pas ça, capitaine Clubin?

— Non.

— Quand on passe le détroit de Magellan.

— Eh bien?

— Partout de la neige, toujours gros temps, de vilains mauvais vents, une mer de quatre sous.

— Après?

— Quand vous avez doublé le cap Monmouth.

— Bien. Ensuite?

— Ensuite vous doublez le cap Valentin.

— Et ensuite?

— Ensuite vous doublez le cap Isidore.

— Et puis?

— Vous doublez la pointe Anna.

— Bon. Mais qu'est-ce que vous appelez la boîte aux lettres de la mer?

— Nous y sommes. Montagnes à droite, montagnes à gauche. Des pingouins partout, des pétrels-tempêtes. Un endroit terrible. Ah! mille saints mille singes! quel bataclan, et comme ça tape! La bourrasque n'a pas besoin qu'on aille à son secours. C'est là qu'on surveille la lisse de hourdi! C'est là qu'on diminue la toile! C'est là qu'on te vous remplace la grande voile par le foc, et le foc par le tourmentin! Coups de vent sur coups de vent. Et puis quelquefois quatre, cinq, six jours de cap sèche. Souvent d'un jeu de voiles tout neuf il vous reste de la charpie. Quelle danse!

des rafales à vous faire sauter un trois-mâts
comme une puce. J'ai vu sur un brick anglais, le *True blue*, un petit mousse occupé à
la gibboom emporté à tous les cinq cent mille
millions de tonnerres de Dieu, et la gibboom avec.
On va en l'air comme des papillons, quoi! J'ai
vu le contre-maître de la *Revenue*, une jolie
goëlette, arraché de dessus le fore-crostree, et
tué roide. J'ai eu ma lisse cassée, et mon serre-
gouttière en capilotade. On sort de là avec toutes
ses voiles mangées. Des frégates de cinquante
font eau comme des paniers. Et la mauvaise
diablesse de côte! Rien de plus bourru. Des rochers déchiquetés comme par enfantillage. On
approche du Port-Famine. Là, c'est pire que pire.
Les plus rudes lames que j'aie vues de ma vie.
Des parages d'enfer. Tout à coup on aperçoit ces
deux mots écrits en rouge : *Post-Office*.

— Que voulez-vous dire, capitaine Gertrais?

— Je veux dire, capitaine Clubin, que tout
de suite après qu'on a doublé la pointe Anna on
voit sur un caillou de cent pieds de haut un grand
bâton. C'est un poteau qui a une barrique au cou.
Cette barrique, c'est la boîte aux lettres. Il a fallu

que les anglais écrivent dessus : *Post-Office*. De
quoi se mêlent-ils? C'est la poste de l'océan; elle
n'appartient pas à cet honorable gentleman, le roi
d'Angleterre. Cette boîte aux lettres est commune.
Elle appartient à tous les pavillons. *Post-Office*,
est-ce assez chinois! ça vous fait l'effet d'une tasse
de thé que le diable vous offrirait tout à coup.
Voici maintenant comment se fait le service. Tout
bâtiment qui passe expédie au poteau un canot
avec ses dépêches. Le navire qui vient de l'Atlantique envoie ses lettres pour l'Europe, et le navire
qui vient du Pacifique envoie ses lettres pour
l'Amérique. L'officier commandant votre canot
met dans le baril votre paquet et y prend le paquet qu'il y trouve. Vous vous chargez de ces
lettres-là; le navire qui viendra après vous se
chargera des vôtres. Comme on navigue en sens
contraire, le continent d'où vous venez, c'est celui
où je vais. Je porte vos lettres, vous portez les
miennes. Le baril est bitté au poteau avec une
chaîne. Et il pleut! Et il neige! Et il grêle! Une
fichue mer! Les satanicles volent de tous côtés.
Le *Tamaulipas* ira par là. Le baril a un bon couvercle à charnière, mais pas de serrure ni de ca-

denas. Vous voyez qu'on peut écrire à ses amis.
Les lettres parviennent.

— C'est très-drôle, murmura Clubin rêveur.

Le capitaine Gertrais-Gaboureau se retourna
vers sa chope.

— Une supposition que ce garnement de Zuela
m'écrit, ce gueux flanque son barbouillage dans
la barrique à Magellan et dans quatre mois j'ai
le griffonnage de ce gredin. — Ah çà! capitaine
Clubin, est-ce que vous partez demain?

Clubin, absorbé dans une sorte de somnambu-
lisme, n'entendit pas. Le capitaine Gertrais répéta
sa question.

Clubin se réveilla.

— Sans doute, capitaine Gertrais. C'est mon
jour. Il faut que je parte demain matin.

— Si c'était moi, je ne partirais pas. Capitaine
Clubin, la peau des chiens sent le poil mouillé.
Les oiseaux de mer viennent depuis deux nuits
tourner autour de la lanterne du phare. Mauvais
signe. J'ai un storm-glass qui fait des siennes.
Nous sommes au deuxième octant de la lune; c'est
le maximum d'humidité. J'ai vu tantôt des pim-
prenelles qui fermaient leurs feuilles et un champ

de trèfles dont les tiges étaient toutes droites. Les vers de terre sortent, les mouches piquent, les abeilles ne s'éloignent pas de leur ruche, les moineaux se consultent. On entend le son des cloches de loin. J'ai entendu ce soir l'angelus de Saint-Lunaire. Et puis le soleil s'est couché sale. Il y aura demain un fort brouillard. Je ne vous conseille pas de partir. Je crains plus le brouillard que l'ouragan. C'est un sournois, le brouillard.

FIN DU TOME PREMIER.

TABLE

TABLE

DU TOME PREMIER

PREMIÈRE PARTIE

SIEUR CLUBIN

—

LIVRE PREMIER

DE QUOI SE COMPOSE UNE MAUVAISE RÉPUTATION

LIVRE DEUXIÈME

MESS LETHIERRY

LIVRE TROISIÈME

DURANDE ET DÉRUCHETTE

LIVRE QUATRIÈME

LE BUG-PIPE

LIVRE CINQUIÈME

LE REVOLVER

www.ingramcontent.com/pod-product-compliance
Lightning Source LLC
Chambersburg PA
CBHW072350030726

47505CB00014B/1446